KB102903

웃음 대장
할머니

웃음 대장
할머니

시마다 요시치 지음 · 홍성민 옮김

예원미디어

차례

진정한 행복을 가르쳐준 나의 할머니

어느 날 저녁식사 시간이었다.

"할머니. 왜 요즘엔 밥만 줘? 반찬이 하나도 없잖아."

내가 그렇게 말하자 할머니는 하하하 웃으면서 대답했다.

"내일은 밥도 없어."

나와 할머니는 마주보며 소리 내어 웃었다.

벌써 40년도 더 된 이야기다.

그 동안 세상은 많이 달라졌다. 소득 두 배 늘리기 계획, 고도 경제 성장, 대학 분쟁, 석유 파동, 땅값 상승, 교내 폭력, 달러 폭등, 거품 경제, 그리고 거품의 붕괴, 가격 파괴, 취업 빙하기……

사람들은 하나 같이 입을 모아 불경기라고 하는데 이건 아무 것도 아니다. 옛날로 돌아간 것뿐, 달라진 것은 우리 인간들이다.

돈이 없으니까. 호텔에서 식사를 할 수 없으니까. 해외여행을 갈 수 없으니까. 명품을 살 수 없으니까……. 그런 것 때문에 불행하다고 생각하는 것 자체가 불행한 일이다.

일자리를 잃게 된 사람에게는 안 된 일이지만 그것도 생각하기 나름이다. 아침 일찍 만원 버스나 지하철을 타고 출근해서 바쁜 업무에 쫓기고, 그것도 모자라 야근을 하고, 내키지 않는 술자리에 따라간다. 그리고 녹초가 된 몸으로 마지막 지하철을 타고 집에 돌아간다.

일자리를 잃은 것은 그런 매일의 연속인 인생에서 해방될 새로운 기회라고 생각할 수도 있다. 또 앞으로의 계획에 대해 부부나 가족이 머리를 맞대고 대화를 나누게 되므로 가족 간의 커뮤니케이션이 부족할 걱정도 없다.

'돈이 없으니까 불행하다.'

모두 이런 강박 관념에 시달리고 있다. 어른이 그런 생각을 하니까 아이도 건강하게 자랄 수 없다. 디즈니랜드에 데리고 가지 않으니까, 유행하는 멋진 옷을 사주지 않으니까, 부모를 존경하려 하지 않는다. 성적이 나쁘니까, 좋은 학교에 가지 못하니까, 자신의 미래는 어둡다고 생각한다. 그런 아이들이 자라면서 매일을 따분하게 지내고, 장래의 희망을 갖지 못하면 결국은 청소년 범죄의 증가로 이어진다.

돈이 없어도 마음먹기에 따라서 얼마든지 즐겁고 행복하게 살 수 있다. 내가 이렇게 자신 있게 말할 수 있는 것은 바로 우리 할머니가 그런 사람이었기 때문이다. 나는 어릴 적 외할머니 밑에서 자라면서 그렇게 배웠다.

할머니는 1900년에 태어났다. 20세기와 함께 인생을 산 옛날 사람이다. 1942년, 태평양전쟁 중에 남편을 잃고 사가 대학 과 부속 초·중학교에서 청소 일을 하면서 2남 5녀를 키웠다.

내가 할머니 집에 맡겨진 것은 1958년이었다. 할머니는 당시 쉰여덟의 나이에도 여전히 청소 일을 하고 있었다. 생활에 여유가 없었지만 언제나 활기 넘치는 분이었다. 그리고 나는 할머니와 살면서 진정으로 행복했다.

9년 전, 할머니가 아흔하나의 나이로 돌아가신 후, 나는 그분의 사랑과 그 분이 내게 남겨준 것의 존재를 더욱 크게 느끼게 되었다.

지금 우리는 커다란 착각을 하며 살고 있는 것이 아닐까.

우리 옆에 있는 행복을 내던지고 우리는 불행한 쪽으로 가고 있는 게 아닐까.

길을 잘못가지 마라!

행복은 돈으로 결정되는 것이 아니다.
자신이 마음먹기에 달려 있다.

언제나 웃음을 잃지 않았던 할머니가 우리에게 그 진리를
일깨워줄 것이다.

할머니 집으로

1945년 8월 6일. 세계 최초로 히로시마에 원자폭탄이 투하되었다. 어쩌면 모든 일의 시작은 이 한 발의 폭탄 때문이었을지도 모른다. 원폭만 떨어지지 않았다면 아버지가 젊은 나이로 죽지는 않았을 테니까.

아버지와 어머니는 결혼해서 히로시마에 살았는데, 전쟁이 한창이었을 무렵 사가에 있는 외할머니 집에 피난해 있었다. 그래서 다행히 원폭의 피해를 입지 않고 살아남을 수 있었다.

하지만 무시무시한 신형 폭탄이 히로시마에 떨어졌다는 이야기는 당연히 사가에도 전해졌고, 집이 걱정된 아버지는 일주일 후에 혼자 히로시마로 돌아갔다.

"다 어딜 간 거지?"

파괴된 히로시마 시내를 보고 아버지는 그 말 밖에 나오지 않았다고 한다. 그 정도로, 아버지가 본 히로시마에는 남아 있는 것이 거의 없었다. 전부 파괴되고 모두 죽어버렸던 것이다.

그리고 아버지도 히로시마에 갔던 것이 원인이 되어 목숨을 잃게 되었다.

히로시마에는 여전히 원폭 방사능이 남아 있었고, 아버지는 원자병에 걸리고 말았다. 아주 잠깐 집을 보러 갔던 것뿐이었는데 말이다.

그래서 내가 태어났을 때 아버지는 이미 죽음을 앞둔 병자였다. 아버지도 어머니도 아직 이십 대였을 때의 이야기다.

그런데!

내가 어른이 되어서도 고개가 갸웃거려지는 것이 있었다.

그래서 어머니에게 물었다.

"어머니, 아버지 말예요, 내가 태어났을 때는 병원에 입원해 있었죠?"

"응. 그랬지."

"그럼 내가 어머니 뱃속에 생겼을 때는 건강했어요?"

"아니. 그때도 병원에 있었지."

"그럼 잠깐 집에 왔던 적이 있었어요?"

"아니, 계속 입원해 있었어."

"아, 그럼 병실이 1인용이었나?"

"얘는, 그 시대에 1인용이 어디 있니, 병원에. 다 아픈 사람들로 버글버글했는데."

이상한 이야기다.

그런데 그 이상 따지고 들면 어머니는 늘 얼굴을 붉히며 우물쭈물 변명을 하다가 자리를 떠버린다.

아무튼 나는 말 그대로 아버지의 유복자인데, 그래서 아버지에 대한 기억은 하나도 없다.

아주 어렸을 때 누군가에게 '빠이빠이' 하고 손을 흔들었던 기억이 있는데, 아버지는 계속 입원해 있었다고 하니 아버지는 아니었을 것이다.

한때 나를 이모들 집에 돌아가며 맡겼다고 하니, 어쩌면 이모부들 가운데 한 명에게 손을 흔들었던 것일지도 모른다.

어쨌든 내 기억이 어느 정도 선명해지는 것은 초등학교에 들어가기 전으로, 그 당시 내 세계의 모든 것은 어머니로 채워져 있었다.

어머니는 아버지와 사별한 후 히로시마에서 선술집을 하며 나와 형을 키웠다.

원래는 아버지와 어머니가 살았던 집에서 가게를 시작했는데 그곳은 원폭 돔(원폭으로 파괴된 산업장려관의 철골 돔으로, 당시의 참상을 전하는 유일한 기념물로 보존되어 있다. 1996년 유네스코가 세계문화유산으로 지정함) 바로 옆으로, 원폭으로 모든 것이 박살난 후였기 때문에 판자촌이나 다름없었다. 사람들은 너나 할 것 없이 거리로 나와 좌판을 벌여놓고 장사를 했다.

집을 가게로 썼기 때문에, 우리는 근처에 있는 방 한 칸짜리 셋집에서 살았다.

그곳에서 형과 둘이서 매일같이 엄마가 돌아오기만을 기다렸다. 나는 아직 어렸던 데다가 엄마가 너무 보고 싶어서 참을 수가 없었다.

엄마가 오기만을 기다리는 그 길고 외로운 밤을 견디다 못해 자주 울음을 터뜨려 형을 난처하게 만들었다. 엉엉, 소리를 내어 울고 있으면 주인집 할머니가 왔다.

"울면 인 돼요."

할머니는 나를 무릎에 앉히고 머리를 쓰다듬어 주었다.

그 당시 집주인들은 세 사는 사람들의 사정을 잘 알고 있었다. 가족 구성은 물론 수입부터 빚까지 누구보다 자세히 파악하고 있었다.

집주인 할머니도 우리 집 사정을 훤히 알고 있어서 나를 달래주러 왔을 것이다.

그나마 집에서 엄마를 기다리며 울 때는 이웃에게 약간의 피해를 주는 정도로 끝났지만, 초등학교에 들어가자 나는 한밤중에 집을 빠져나와서는 가게로 어머니를 찾으러 가기도 했다.

어두운 판자촌이 들어선 길을 한밤중에 어린 내가 졸랑대며 걸어오니까 엄마도 이만저만 걱정이 아니었을 것이다.

아마도 그 무렵부터 나에게는 비밀로 한 채 어머니의 계획이 진행되었던 것 같다.

물론 나는 그런 것은 짐작도 하지 못했다.

초등학교 2학년의 어느 날이었다.

기사코 이모가 우리 집에 놀러왔다. 이모는 어머니의 여동생으로 사가^(규슈 서북부에 있는 현)에 살고 있었다.

이모는 엄마와 비슷하게 생겼는데, 바쁜 엄마를 대신해서 우리를 여기저기 데리고 다니고, 또 무릎베개를 하고 귀도 파주었다.

나는 그런 기사코 이모가 좋았다.

밤에도 이모가 옆에 있어 주었기 때문에 외롭지 않았다.

저녁밥도 이모가 있어서 계속 맛있는 반찬을 먹을 수 있었다. 나는 이모가 계속 우리와 같이 살았으면 좋겠다고 생각했다.

그래서 이모가 이런 말을 꺼냈을 때 아무 생각 없이 고개를 크게 끄덕였다.

"아키히로. 내일 이모는 사가로 돌아가는데, 엄마랑 같이 역까지 배웅해줄래?"

다음 날, 나와 엄마는 히로시마 역까지 이모를 배웅했다.

말이 배웅이지, 오랜만에 엄마와 하는 외출이었다.

나들이옷에 반짝거리는 가죽 구두를 신고, 엄마와 이모의 손까지 잡자 내 기분은 하늘을 나는 것 같았다.

칙칙폭폭 칙칙폭폭.

역의 플랫폼으로 올라가자 증기를 뿜으면서 기차가 플랫폼으로 들어왔다.

"나가사키 행 특급 기차가 플랫폼에 도착했습니다."

이모가 탈 기차였다.

이모는 기차에 올라탄 다음, 문 옆의 손잡이를 잡고 서서 엄마와 이별의 인사를 나눴다.

"언니, 그럼 다음에 또 봐."

"그래, 기사코, 엄마 잘 부탁해."

나도 이모와의 이별이 슬펐다.

"이모 또 와."

인사를 하며 나는 이모의 얼굴을 올려다보았다.

"그래……."

이모가 힘없이 고개를 끄떡인 것이 신호인 양, 순간 발차 벨이 울렸다.

그리고 문이 닫히려는 순간이었다.

픽! 하는 소리와 동시에 내 몸은 비틀거리면서 앞으로 기울어졌다.

물론 아무리 옛날이라고 해도 발차 벨이 '픽' 하고 울릴 리도 없고, 사람을 들이박지도 않는다.

순간적으로 이모에게 안기게 된 나는 뒤를 돌아보았다.

내 등을 민 것은 다름 아닌 엄마였다.

"엄마, 왜 밀어?"

그때 나는 기차 안으로 올라와 있었다.

그 순간 마치 신호를 주고받은 듯 슈웃, 하고 문이 닫히더니 새까만 증기를 뻐끔거리며 기차가 서서히 달리기 시작했다.

물론 나를 태운 채.

유리문 너머로 엄마가 울고 있는 것이 보였다.

"엄마가 내 등을 밀어서 이렇게 됐잖아."

뒤에서는 이모까지 엉엉 소리 내며 울고 있었다.

당시 기차는 신칸센처럼 속도를 내지 못했기 때문에 플랫폼에서 울며 서 있는 엄마가 또렷하게 보였다.

나는 울며 서 있는 엄마와 이모를 번갈아 보며 웃는 얼굴로 말했다.

"괜찮아, 이모. 다음 역에서 내리면 돼. 걱정하지 마."

그런데 이모는 계속 울면서 이렇게 말했다.

"아키히로, 넌 이제부터 사가에 있는 외할머니 집에서 살아야 해."

순간, 이모가 무슨 말을 하는 것인지 알 수 없었다.

"미안해, 말 안 해서. 하지만 말하면 싫다고 했을 거야. 히로시마에 있으면 네 교육에 좋지 않아서 식구들이 상의해서 널 외할머니한테 맡기기로 했어."

사태를 파악하자 이번에는 내가 울음을 터뜨릴 차례였다.

나는 감쪽같이 속아 넘어간 것이다.

이모의 배웅 어쩌고 하면서 사실은 엄마의 배웅을 받은 것은 나였던 것이다. 이렇게 되면 나들이옷에 번쩍번쩍한 가죽 구두도 이해가 간다.

이 일은 나에게 커다란 정신적 충격을 주었다. 그래서 지금도 내용이 빤한 드라마인데도 모자가 이별하는 장면에서는 꼭 눈물이 난다.

흔히 사람들은 자신의 고생담을 말할 때 '그때 ○○에게 등을 떼밀려 난 결심했습니다.' 하고 인생의 전환점을 이야기하는데, 그런 말을 들을 때마다 나는 생각한다.

내 인생은 엄마에게 등을 떼밀려 완전히 변했다!

할머니의 수퍼마켓 강

덜컹덜컹 덜컹덜컹……

기차는 나를 태운 채 엄마에게서 멀어졌다.

나는 계속 울고 있었다.

이모는 나를 속였다는 꺼림칙함에서인지 나를 달랠 생각도
하지 않고 잠자코 옆에 앉아 있었다.

엄마와 헤어졌다는 것이 슬펐다. 그리고 외로웠다.

이보다 슬프고 괴로운 일은 평생 없을 거라고 생각했다.

인생이란 한번 어긋나기 시작하면 끝이 없는 것인지, 그것
은 참으로 어이없게 찾아왔다.

"뭐야, 여기?"

사가 역에 내린 순간 나도 모르게 입에서 그런 말이 나왔다.

아직 저녁때도 되지 않았는데 주위는 한밤중처럼 캄캄했다. 판자촌이라고는 하지만 그래도 히로시마는 도회지였다.

늦게까지 가게들이 문을 열고 있어서 밤거리도 그다지 어둡지 않았다. 그랬기 때문에 어린 나도 엄마의 가게까지 갈 생각을 했던 것이다.

그런데 이곳에는 가로등은커녕 오가는 사람 하나 없었다. 역 앞에 초라하고 허름한 식당 대여섯 곳이 나란히 있을 뿐이었다.

교육상 얼마나 좋을지 모르지만 내일부터 이런 휑한 곳에서 살아야 한다고 생각하니 조금 전까지 느꼈던 히전함에 공포까지 더해져서 불안해 견딜 수가 없었다.

게다가 이모는 그 캄캄한 길을 강둑을 따라 척척 걸어가는 것이 아닌가. 아마 40분 정도 걸었던 것 같은데 어린 내게는 그 시간이 영원처럼 길게 느껴졌다.

계절은 가을이었고, 강가 모래밭의 억새풀이 슬프게 보였다. 나는 이전에 읽은 동화책 속에 나오는, 어디론가 팔려 가는 아이가 된 것 같았다.

그런데 인간이란 극한 상황에 몰리면 동물적인 직감이 발동하는 모양이다. 지금도 그때의 느낌을 또렷이 기억하는데, 불안해서 주위도 제대로 보이지 않았던 내 눈에 어느 한 집만이 클로즈업되어 들어왔다.

그리고 동시에 나의 뇌는 경고 사인을 보냈다.

'싫어, 저 집만은 안 돼.'

강과 억새풀과 조화를 이룬 쓸쓸함 넘버원의 초가집. 그곳은 옛날이야기 속에나 나올 법한 낡은 초가집이었다.

그나마 지붕의 반은 이엉이 벗겨져 함석판을 대어 놓았다.

"아키히로, 다 왔어, 여기야."

아니나 다를까 이모는 그 집 앞에서 걸음을 멈췄다.

순간 내 머릿속은 새하얘졌다.

이런 낡은 집에서 살고 있는 할머니라니, 상상만 해도 다리가 후들후들 떨렸다. 아무튼 깊은 산 속에 산다는 마귀할멈이나 살 법한 그런 집이었기 때문이다.

"엄마, 우리 왔어요."

이모가 현관문을 열자 뜻밖에도 안에서 큰 키에 피부도 하얀 우아한 할머니가 나타났다.

솔직히 할머니의 그런 모습에는 완전히 김샜다.

"아키히로, 외할머니야, 인사해."

이모가 나와 할머니 사이에 서서 말했다.

그리고 멍하니 있는 나를 향해 웃는 얼굴로 이모는 이렇게 덧붙였다.

"어렸을 때 할머니 본 적 있는데, 기억나니?"

이모는 생각해서 해준 말이었겠지만 그때도 어렸던 내가 더 어렸을 때의 일을 기억할 리 없었다.

"엄마, 그럼 난 이만 갈게요……. 아키히로, 잘 부탁해요."

이모는 나를 속여 이곳에 데리고 온 것이 꺼림칙했을 것이다. 집 안으로 들어가지도 않고 그 자리에서 바로 돌아가 버렸다. 그리고 나와 할머니는 첫 대면이나 마찬가지인 상태로 둘만 남게 되었다.

그때 나는 어린 마음에도 할머니한테 다음과 같은 따뜻한 말을 기대했다.

'잘 왔다. 배고프지?'

'외롭겠지만 할머니랑 잘 지내보자.'

그런데 할머니의 첫마디는 이랬다.

"따라 오너리."

할머니는 밖으로 나가 헛간 쪽으로 걸어갔다.

한 평 남짓한 작은 헛간에는 커다란 부뚜막이 있을 뿐이었다. 뭐가 뭔지도 모른 채 멍하니 서 있는 내게 할머니는 이렇게 말했다.

"내일부터 아키히로가 밥을 지어야 하니까 잘 봐라."

할머니는 부뚜막에 불을 지피기 시작했다.

할머니가 한 말을 듣긴 했지만 그것이 무슨 말인지, 그때 나는 전혀 이해할 수 없었다.

나는 그냥 멍하니 할머니가 불을 지피고, 짚과 판자 조각을 던져 넣으며 불을 조절하는 것을 보고 있었다.

조금 후였다.

"어때, 한 번 해 볼래?"

할머니가 지금까지 들고 있던 대통(불을 일으킬 때 쓰는 대나무로 된 통. 끝에 작은 구멍이 뚫려 있다)을 내밀었을 때도, 이유도 모른 채 '후— 후—' 하고 불어댔다.

차츰 내 머릿속에서는 이런 의문이 고개를 쳐들었다.

'왜 이런 것을 해야 하지? 내가 밥을 짓는다니 그게 무슨 말이지?'

하지만 할머니는 옆에서 시끄럽게 잔소리를 해댔다.

"그렇게 하면 너무 세잖니."

"그렇게 사이를 두면 불이 꺼져버려."

할머니가 말하는 대로 '후— 후—' 하고 바람을 불어넣다 보니 나는 불을 지피는 데만 신경을 쓰게 되었다.

힘들어서 부는 힘이 약해지면 불꽃은 금방이라도 꺼질 듯이 작아진다. 놀라서 다시 열심히 '후— 후—' 하고 바람을 분다.

그런데 너무 세게 불면 불씨가 올라와 뜨겁다.

그렇게 타오르는 불과 마주하다보니 어린 나도 여기서 살아야만 한다는 것을 실감할 수 있었다.

그렇지 않아도 연기 때문에 눈이 매웠는데, 이제 하는 수 없다고 생각하니 눈물이 뚝뚝 떨어졌다. 그것이 여덟 살인 내가 맞닥뜨린 현실이었다.

다음날 아침, 자리에서 일어나 보니 할머니는 보이지 않았다. 할머니는 청소 일 때문에 새벽 4시에는 집을 나서야 한다고 했다. 내 아침밥을 지어줄 시간이 없기 때문에 집에 도착한 내게 밥 짓는 법을 알려주었던 것이다.

밥 짓기뿐만 아니라 어제 나는 또 한 가지 중대한 임무를 맡게 되었다. 지은 밥을 퍼서 가장 먼저 불전에 올리는 일이었다.

할머니는 어젯밤에 정중하게 부처님 앞에서 손을 모으고 보고했다.

"내일부터는 아키히로가 밥을 올릴 겁니다. 나무아비타불, 나무아비타불……."

나는 할머니가 가르쳐준 대로 부뚜막에 불을 지피고 밥을 지었는데, 뭐가 어떻게 잘못된 건지 삼층밥이 되었다.

위는 생쌀이 그대로 있고 밑바닥은 시커멓게 타버렸다.

하는 수 없이 그 삼층밥을 불단에 올리고, 할머니에게서 배운 대로 손을 모으고 '나무아비타불, 나무아비타불' 하고 중얼거렸다.

그리고 혼자 아침밥을 먹었다.

엄마가 지어준, 김이 모락모락 나는 따뜻한 쌀밥이 생각났다. 바로 어제 아침에도 먹었는데 아주 오래 전의 일처럼 느껴졌다.

아침밥을 먹은 후 할 일이 없어서 밖으로 나갔다.

어젯밤에는 쓸쓸하게만 보였던 집 주위 풍경이 아침에 보니 무척 아름다웠다.

집 앞에는 강이 흐르고 있었고, 강둑의 억새풀은 가을바람에 가볍게 흔들리고 있었다.

하늘은 히로시마보다 훨씬 파랗고, 훨씬 높았다.

넓은 하늘을 올려다보니 커다란 새가 느긋하게 날갯짓을 하며 날아가는 것이 보였다.

"엄마, 저것 봐, 저것 봐!"

나도 모르게 소리를 질렀다.

엄마는 없는데. 그런데도 나도 모르게 엄마를 찾고 말았다.

나는 안절부절못하고 근처에 있는 돌을 주워서 힘껏 강을 향해 던졌다.

팔이 아플 때까지 계속해서 던졌다.

강둑에 서서 집 쪽을 보았다. 어젯밤과는 달리 의외로 많은 사람들이 분주히 길을 오갔다. 멍하니 사람들을 보고 있는데 멀리서 할머니의 모습이 보였다.

할머니는 사가대학교와 부속 초·중학교의 교무실을 청소하는데, 아침에는 일찍 나가지만 오전 11시경에는 집으로 돌아왔다.

그런데 집을 향해 걸어오는 할머니의 모습이 어딘지 이상했다. 걸을 때마다 덜그럭덜그럭 요상한 소리가 났다.

자세히 보니 허리에 끈을 묶고, 땅바닥에 무언가를 질질 끌며 걷고 있는 것 같았다.

"할머니 왔다."

할머니는 여전히 덜그럭덜그럭 소리를 내면서 아무렇지도 않은 얼굴로 그렇게 말하고 집 안으로 들어갔다.

뒤따라 들어가자 할머니는 현관 앞에서 허리에 묶은 끈을 풀고 있었다.

"할머니. 그게 뭐야?"

"자석."

할머니는 끈의 끝을 보면서 말했다.

끈의 맨 끝에는 정말로 지석이 동여매져 있었고, 거기에는 못이며 쇳조각 같은 것들이 달라붙어 있었다.

"그냥 걷기만 하면 아깝잖니. 자석을 달고 걸으면, 이것 봐라, 이게 다 돈이다."

"돈이라고?"

"그럼, 돈이고말고. 쇳조각은 팔면 꽤 비싸게 쳐주거든. 이런 게 떨어져 있는데도 줍지 않으면 벌 받지, 벌 받아."

그렇게 말하면서 할머니는 못과 쇳조각을 자석에서 떼 내어 양동이 안에 넣었다. 양동이 안에는 이미 할머니의 전리품이 꽤 많이 들어 있었다.

할머니는 밖에 나갈 때면 꼭 자석을 동여맨 끈을 허리에 묶고 다니는 모양이었다. 겉보기와는 달리 입이 벌어질 정도로 알뜰한 또순이 할머니였다.

그런데 아직 놀라기엔 이르다.

쇳조각을 양동이에 넣고 난 할머니는 이번에는 강 쪽으로 걸어갔다.

뒤를 따라가자 할머니는 강을 들여다보고는 씩 웃었다.

"아키히로가 도와줘야겠다."

할머니는 내 쪽을 돌아보며 그렇게 말하더니 강에서 나무토막과 지저깨비를 주워 올리기 시작했다.

강의 수면 가까이에 기다란 나무막대 하나가 걸쳐 있고, 거기에 나무토막을 비롯해 이런저런 것들이 걸려 있었다.

아까 혼자 강에 돌을 던지면서 그 막대를 보고 '뭐에 쓰는 걸까?' 하고 생각했는데 설마 그것이 할머니가 일부러 걸쳐놓은 것인 줄은 몰랐다.

할머니는 이 막대에 걸린 나무토막이나 지저깨비를 말려서 땔감으로 썼던 것이다.

"강은 깨끗해져서 좋고, 난 연료비 안 드니 좋고. 이런 걸 일석이조라고 하는 거다."

그렇게 말하며 호탕하게 웃는 할머니. 지금 생각하면 할머니는 45년 전부터 환경 운동을 했던 것이다.

막대에는 나무만 걸리는 것이 아니었다.

강 상류에 있는 시장에서 굵게 자라지 못한 가랑무나 굽은 오이 같은, 상품이 되지 못하는 야채들이 버려지는데 그런 것들도 막대에 걸렸다.

할머니는 찌그러진 야채를 보고 말했다.

"끝이 갈라진 가랑무도 잘라서 삶으면 맛은 똑같고, 굽은 오이도 잘게 썰어서 소금에 절이면 똑같이 맛있게 먹을 수 있단다."

지당하신 말씀이다.

또 절반 정도 상한 야채나 과일도 상품이 될 수 없어 버려지는데 그것을 보고도 할머니는 이렇게 말했다.

"상한 곳도 도려내면 맛은 똑같아."

이것도 지당하신 말씀이다.

이렇게 할머니 집에서는 강에서 흘러 내려오는 것으로 반찬거리를 얻고 있었다.

게다가 여름에는 토마토가 떠내려 오면서 차가워지기 때문에 냉장고 없이도 시원한 토마토를 먹을 수 있었다. 뿐만 아니라 때로는 멀쩡한 야채까지 떠내려 왔다.

당시에는 야채가 전혀 손질이 안 된 상태로 시장에 들어왔다. 그래서 시간제로 일하는 아주머니들이 강에서 씻고 다듬었는데, 서른 명 정도 길게 늘어앉아 수다를 떨면서 일을 하다 보면 손이 미끄러지면서 야채를 강에 흘리는 사람이 있게 마련이다.

배추 같은 경우는 무거워서 강물에 떠내려가지 않지만 손질하다 보면 바깥쪽 잎이 떨어져 물에 떠내려간다.

매일 다양한 것들이 나무막대에 걸리기 때문에 할머니는 강을 '슈퍼마켓' 이라고 불렀다.

"배달까지 해주니 얼마나 좋으냐."

"계산도 안 해도 되니 이보다 더 좋을 수 없지."

할머니는 그렇게 말하며 강을 들여다보며 웃었다.

가끔은 막대에 걸린 것이 아무것도 없는 날이 있는데 그럴 때면 할머니는 조금 아쉬워했다.

"오늘은 슈퍼가 쉬는 날인가 보다."

할머니는 이 슈퍼마켓에는 결점이 딱 하나 있다고 했다.

"오늘 오이가 먹고 싶다고 해서 오이를 먹을 수 있는 건 아냐. 그건 시장 사람들 손에 달렸지."

정말이지 뭐든 편하게 생각하는 할머니다.

다른 집에서는 요리 책을 보고 무슨 반찬을 할까 생각하는데 할머니는 강을 들여다보고 오늘 반찬은 무엇으로 할지 메뉴를 정했던 것이다.

그런 할머니인 만큼 강에 떠내려 오는 물건에 대해서는 거의 도사처럼 꿰뚫고 있었다.

어느 날, 사과 상자가 떠내려 왔다. 안에는 왕겨가 채워져 있고 그 위에 썩은 사과가 놓여 있었다.

"왕겨는 버리고 나무 상자만 땔감으로 써야겠어."

그렇게 말하며 도끼를 드는 나를 보고 할머니가 말했다.

"왕겨 안에 손을 넣어 봐라."

"응?"

왜 왕겨 안에 손을 넣으라는 건지 이상하게 생각했지만 할머니 말대로 손을 넣어보니 안쪽에 멀쩡한 사과 하나가 남아 있었다.

도사처럼 안 보고도 맞추는 할머니에게 깜짝 놀랐다.

또 한 번은 새 나막신이 떠내려 왔다.

"한 짝 갖고는 신을 수도 없으니까 땔감으로 쓰자, 할머니."

이번에도 내가 도끼를 들자 할머니는 고개를 가로 저으며 말했다.

"이삼 일 기다려 봐. 나머지 한 짝이 떠내려 올 세나."

아무리 할머니가 도사라도 설마 싶었는데, 이삼 일이 지나자 정말로 나머지 한 짝이 떠내려 왔다.

"한 짝을 잃어버리면 한동안 버리지도 못하고 두지만, 이삼 일 지나면 포기하고 나머지 한 짝도 버리게 되지. 덕분에 우린 멀쩡한 나막신 한 켤레가 생기는 거야."

아무튼 할머니의 지혜에는 두 손 두 발 다 들었다.

할머니의 이런 또순이 생활에서 나는 이 집을 처음 봤을 때 느꼈던 그 기분 나쁜 예감이 적중했음을 실감했다.

히로시마에서도 가난했는데 한 단계 더 가난해져 버린 것이다. 하지만 그것은 보통은 체험할 수 없는 즐거운 날들의 시작이기도 했다.

두 종류의 가난

사가의 초등학교로 전학을 오게 되어 처음 등교하던 날, 나는 할머니와 같이 학교에 갔다.

할머니의 집이 있는 동네는 사가 성 내에 있었다.

옛 성터를 중심으로 서·남·북 세 방향으로 해자 (성 밖을 둘러 파서 못으로 만든 곳)가 파여 있고, 성 안쪽에는 관공서와 박물관, 미술관까지 갖춰져 있었다.

처음 이곳에 왔을 때는 너무 시골 같아서 놀랐는데 사가에서는 그나마 이 부근이 중심지였다.

할머니의 집 앞에 있는 슈퍼마켓 강도 다후세 강의 지류로, 성의 해자에서 이어지는 것이었다.

하지만 성 자체는 없고, 성의 정문인 샤치호코 (성곽 등의 용마루 양단에

장식해놓는, 머리는 호랑이 같고 등에는 가시가 돋친, 곤두선 물고기 모양의 장식물) 문과 돌담이 남아
있을 뿐이었다.

내가 다닐 학교인 아카마쓰 초등학교로 가려면 샤치호코 문
을 지나야 하는데, 당시 저학년 교실은 예전 성에 있었다는 낡
은 다실을 사용하고 있었다.

사촌이 물려준 금단추가 달린 학생복에 반짝거리는 가죽 구
두를 신고 학교에 간 나는 놀라지 않을 수 없었다.

히로시마는 원폭으로 모든 건물이 파괴되어 대부분 새로 지
어졌다. 초등학교 역시 예외는 아니어서 전후에 지어진 것은
전부 신식 건물이다.

그런데 이곳에서는 다 낡아빠진 요상한 건물 안으로 데리고
가는 것이 아닌가.

'여기가 정말 초등학교야?'

나는 아무렇지도 않은 얼굴로 이야기를 하면서 컴컴한 건물
을 걸어가는 선생님과 할머니의 뒤를 따라 걸으면서 그렇게
생각했다.

선생님이 드르륵 문을 열자 다다미가 깔린 방에 학생들이
앞쪽을 향해 바르게 앉아 있었다.

그 광경은 마치 타임머신을 타고 옛날로 돌아간 것 같은 느
낌이었다.

나도 놀랐지만 방에 있던 학생들도 놀란 듯, 금색 단추가 달
린 학생복을 입은 나를 의심스러운 눈빛으로 보고 있었다.

"히로시마에서 온 도쿠나가 아키히로예요. 앞으로 사이좋게 지내요."

선생님이 나를 반 아이들에게 소개했다.

당시 히로시마는 사가에 비하면 대도시다. 게다가 장소에 어울리지 않는 금색 단추 학생복에 가죽 구두를 신은 내가 같잖은 도시 아이로 보였을 것이다.

그래서 뭔가 트집을 잡고 싶었을 것이다.

선생님이 지정해준 자리에 앉은 나를 보고 옆의 아이가 말했다.

"너희 엄마 나이 되게 많다."

나는 고개를 숙였다.

"엄마 아냐, 할머니야."

그렇게 말하려고 했지만 아직 교실에 있는 할머니에게 미안한 생각이 들어서 아무 말도 할 수 없었다.

할머니는 나를 보고 멋쩍게 웃더니 선생님에게 정중하게 인사를 하고 돌아갔다.

하지만 서먹함도 잠시, 한 달도 못 되어서 나는 학교 친구들과 친해졌다.

진흙투성이가 되어 뛰어 다니다보니 가죽 구두는 눈 깜짝할 사이에 너덜너덜해졌고, 나는 다른 아이들처럼 나막신을 신고 다녔다.

엄마가 없다는 사실은 여전히 나를 외롭게 만들었지만 시골 생활은 가난해도 나름의 재미가 있었다.

우선 군것질을 위해 구멍가게를 가지 않아도 나무 열매로 간식거리는 충분히 해결되었다.

사가에서 처음 먹어본 것은 푸조나무(느릅나무과의 낙엽교목으로 달걀 모양의 열매가 달아서 아이들이 따먹는다) 열매인데, 짙은 자주색의 작은 열매는 겉보기에는 인상이 찌푸려지지만 달콤새콤하여 꼭 자두 같았다.

푸조나무는 강가에 있었는데, 가지가 둘로 갈라져 있고 혹이 나 있어서 '올라와, 올라와' 하며 마치 우리를 부르는 것 같았다. 하지만 열매가 무척 작기 때문에 혼자 몇백 개는 따먹어야 배가 찼다. 그래서 우리는 여럿이 일제히 나무에 올라가 매달려서 열매를 따 입에 던져 넣는다.

나무 오르기 놀이와 간식 시간이 하나가 된, 시골에서만 맛볼 수 있는 즐겁고 여유 있는 한 때였다.

그 외에도 그때는 가을이었기 때문에 쉬나무(수유나무라고도 한다. 열매는 짜서 등유로 이용했고 새의 먹이로도 쓰인다) 열매나 감 등 주위에는 먹을 것이 지천으로 널려 있었다.

당연히 그런 식이기 때문에 놀이에도 돈이 들진 않았다. 나무를 오르고 강가를 뛰어다니다 보면 금방 날이 어두워졌다.

장난감도 전부 손으로 만들었고, 나무 위에 비밀 기지처럼 오두막을 짓고, 뗏목을 만들어 물놀이도 했다. 재료가 되는 나무는 주변에 얼마든지 떨어져 있었기 때문에 이것 역시 돈이 들지 않았다.

그 무렵 아이들 사이에서 검도가 유행하기 시작했다.

내 주위에도 도장에 다니는 아이가 하나둘씩 생겨났다. 그래서 나도 친구와 같이 살짝 구경하러 가보았다.

도장 안에서는 늘 같이 동네를 누비며 뛰어 노는 친구가 도복 차림에 긴장한 얼굴로 죽도를 휘두르고 있었다. 그 멋진 모습에 반해서 나도 꼭 검도를 배우겠다고 결심했다.

집에 돌아오자마자 나는 할머니에게 말했다.

"할머니, 오늘 검도장에 갔다왔어."

"그래?"

"정말 끝내 줘."

"그래?"

"나도 검도하고 싶어."

"하면 좋지."

"정말?"

"하고 싶으면 하렴."

"정말 해도 돼? 그럼 내일 같이 도장에 가입하러 가자, 할머니. 도복하고, 죽도하고, 필요한 것도 그곳에서 가르쳐줄 거야."

"어? 돈 내야 하는 거니?"

"응, 돈 내야 돼."

내 말이 채 끝나기도 전에 할머니는 태도를 싹 바꿨다.

"그럼 그만둬."

"응?"

"그만두라고."

"하지만 아까는……."

"그만둬."

그리고는 무슨 말을 해도 '그만둬.' 하나로 밀어붙였다.

나는 완전히 실망했다.

하는 수 없었지만 도복을 입고 죽도를 휘두르는 친구의 멋진 모습을 도저히 잊을 수 없었다.

그런데 풀이 죽어지내던 내게 반 친구 한 명이 말했다.

"아키히로, 우리 같이 유도 배우러 가지 않을래?"

수업이 끝나기가 무섭게 나는 친구를 따라서 유도 도장에 갔다. 검도만큼 마음이 끌리지는 않았지만 필요한 건 도복뿐이라고 했다.

나는 숨을 헐떡거리며 집에 돌아와 할머니에게 졸랐다.

"유도 시켜 줘. 검도보다 돈이 덜 든대."

"공짜야?"

"아니, 공짜는 아니지만……."

"그럼 그만둬."

보통은 더 이상 떼쓰지 않지만 아무튼 그때는 운동하는 친구들이 멋져 보였고 나도 꼭 운동을 하고 싶었다.

그런 내 마음을 필사적으로 할머니에게 이야기하자 할머니는 내 말에 귀를 기울여주었다. 그리고 크게 고개를 끄덕이며 이렇게 말했다.

"알았다. 그렇다면 좋은 게 있어."

"뭔데?"

"내일부터 뛰어."

"뛰라고?"

"그래. 도구도 필요 없고, 땅은 공짜잖아. 내일부터 열심히 뛰어."

이게 아닌데, 하는 생각이 들었지만 아직 어렸던 터라 할머니의 말이 맞는 것 같았다. 결국 나는 할머니의 말대로 달리기로 결정했다.

그렇지만 학교에 육상부가 있었던 것도 아니라서 그냥 혼자서 운동장을 뛸 뿐이었다.

친구들이 수업이 끝난 후 화기애애하게 피구를 하는 옆에서 묵묵히 50미터 전력 질주를 몇 번이고 반복하는 나.

조금 머리가 이상한 아이로 보였을지 모르지만 나는 진지하게 달리기 연습을 했다.

어느 정도였는가 하면 방과 후에는 대개 친구들과 강가에서 놀았는데, 연습을 시작하고부터는 30분이나 40분 정도 나만 늦게 가게 되었다.

그만큼 매일 같이 달리고 또 달렸다.

"오늘도 열심히 뛰었어!"

나는 할머니에게 자랑스럽게 보고했다.

그런데 할머니는 이렇게 말했다.

"열심히 뛰면 안 돼."

"왜? 왜 열심히 뛰면 안 돼?"

"배가 꺼지니까."

"……흐음."

그 다음엔 또 무슨 말을 할까 싶어서 내가 일어서려고 하자 할머니가 다시 내게 말했다.

"애, 아키히로, 너 설마 신발 신고 뛰는 건 아니지?"

"응? 당연히 신고 뛰지."

"이런 바보! 맨발로 뛰어! 신발이 닳잖아!"

아무리 그렇지만 이 두 가지만은 할머니 말대로 할 수 없었다. 나는 매일 열심히, 제대로 신발을 신고 달렸다.

나무 열매를 간식으로 하고, 장난감도 직접 만들어서 놀고, 운동도 달리기만 할 뿐인 단조롭고 가난한 생활이었지만 아직 어린애였던 내게는 그런 가난이 힘들게 느껴지진 않았다. 그래도 어느 날인가 아무 생각 없이 할머니에게 이렇게 말했던 적이 있다.

"할머니, 우린 지금 가난하잖아? 그래서 언젠가는 부자가 됐으면 좋겠어."

그런데 할머니의 대답은 이랬다.

"아키히로, 가난에도 두 종류가 있단다. 불행하다고 생각하는 어두운 가난과 행복하다고 생각하는 밝은 가난. 물론 우리 집은 밝은 가난이지. 그리고 우리는 최근에 가난해진 게 아니니까 걱정할 것 없어. 자신을 가져. 우리 집은 조상 대대로 가난했단다. 부자가 되면 얼마나 바쁜 줄 아니? 맛있는 것도 먹어야지, 여행도 가야지, 또 비싼 옷을 입고 다니니까 넘어질 때도 신경 쓰일 거 아냐. 할머니는 생각만 해도 골치가 아프다. 그런 점에서 우린 얼마나 편하냐. 좋은 옷은 생각지도 못하니까 비가 오든, 땅바닥에 앉든, 넘어지든, 옷 버릴까봐 신경 쓸 일 없으니까 좋잖아. 가난하니까 마음 편하고 좋은 거야."

"……할머니 잘 자."

나는 이 말 밖에 할 말이 없었다.

수박 가면

자랑스럽게 '조상 대대로 가난했다'고 말할 만큼 할머니는 가난한 생활에 나름의 신념을 갖고 있었다.

내가 초등학교 저학년이었을 무렵에는 전쟁으로 모두 가난했던 터라 배불리 먹지 못하는 아이들이 많았다.

그래서 학교에서도 정기적으로 학생들의 영양 조사를 했다.

'오늘 아침은 무얼 먹었습니까?

'어젯밤에는 무얼 먹었습니까?

이런 질문의 대답을 공책에 써서 제출했다.

〈아침밥은 왕새우 된장국을 먹었습니다.〉

〈저녁밥은 왕새우 구이를 먹었습니다.〉

며칠 계속해서 이렇게 쓴 공책을 본 담임선생님이 방과 후 심각한 얼굴로 우리 집을 찾아왔다.

낡은 초가집에 사는 아이가 왕새우를, 그것도 두 끼 연속해서 먹었다니 이상했을 것이다.

"이게 아키히로의 대답인데, 정말인가요?"

선생님은 할머니에게 공책을 보이며 물었다.

화가 난 나는 소리를 지르며 야단을 부렸다.

"거짓말 같은 거 하지 않아요! 그렇지, 할머니? 아침에도 저녁에도, 우리 매일 왕새우 먹었잖아, 그렇지?"

그 순간 할머니는 하하하하 소리 내어 웃었다.

"선생님 죄송합니다. 그건 왕새우가 아니라 가재예요. 제가 우리 아이에게 왕새우라고 한 게 그만……."

"아, 그러셨어요?"

"보기에는 거의 똑같잖아요."

"… 그렇죠."

선생님도 허허허 웃었다.

할머니는 내게 왕새우라고 하면서 가재를 먹였던 것이다.

가재도 우리 집 전용 슈퍼마켓에서 잘 잡혔는데, 왕새우를 먹어본 적이 없는 나는 그 말을 그대로 믿었다. 이것은 할머니가 딱 한 번 내게 했던 악의 없는 거짓말이었다.

이런 일도 있었다.

어느 여름날.

친구 집에 놀러간 나는 그곳에서 재미있는 것을 발견했다.

수박으로 만든 가면이었다.

친구 집은 농사를 지었기 때문에 수박도 많았을 텐데, 지금으로 말하면 할로윈 데이 때 호박으로 만든 가면 같은 것을 수박으로 만든 것이다.

'신기하다, 재밌다'를 연발하자 친구는 그 수박 가면을 내게 주었다.

나는 너무 기뻐서 그것을 소중히 품에 안고 집으로 돌아와 할머니에게 보였다.

"할머니, 이것 봐. 좋지?"

"흐~음. 재밌게 생겼구나."

할머니도 관심을 보였다.

나는 학교에 갖고 가서 친구들에게 보이려고 그 가면을 머리맡에 놓고 잤다.

그런데 다음 날 아침 일어나 보니 머리맡에 있어야 할 가면이 보이지 않았다.

하는 수 없이 학교에 갔다가 집에 돌아온 후 할머니에게 물었다.

"할머니 내 수박 가면 못 봤어? 아침에 일어나니까 가면이 온데간데없어."

"아, 그거?"

할머니는 씩 웃더니 밥그릇을 내보였다.

"봐라, 맛있겠지?"

밥그릇 안에는 수박 껍질로 담근 장아찌가 들어 있었다!

이런 에피소드에서도 알 수 있듯이 가난 때문에 힘들었던 것은 바로 먹을 것이었다.

집은 낡았어도 비와 이슬은 피할 수 있고, 입는 옷도 비싼 것은 아니지만 사촌이 물려준 것으로 그럭저럭 해결되었다.

하지만 끼니만큼은 매일 해결해야 하기 때문에 먹을 것에 대한 할머니의 지혜는 입이 쩍 벌어질 정도였다.

할머니는 녹차를 즐겨 마셨는데, 거기에서 나오는 차 찌꺼기는 햇빛에 말려서 프라이팬에 달달 볶은 디음 소금을 뿌려 후리카케(밥 위에 뿌려 먹는 가루로, 각종 야채, 해물, 계란 등을 사용해 만든다)로 만들어서 먹었다. 지금 같으면 카데킨이 풍부한 '할머니 후리카케'로 팔 수 있을지도 모른다.

또 할머니는 한창 자랄 때는 칼슘을 많이 먹어야 한다면서 가는 생선 가시뿐만 아니라 꽤 굵은 뼈까지 먹게 했다. 간장에 조린 고등어는 먹고 난 후 뼈를 밥그릇에 넣고 뜨거운 물을 부어 국 대신으로 먹었고, 그러고도 남은 뼈는 말려서 부엌칼로 두들겨 가루를 내어 닭에게 주었다. 그 외에도 사과 껍질이나 살짝 상한 야채는 전부 닭의 먹이로 주었다.

'주울 것은 있어도 버릴 것은 없다.'

할머니는 늘 그렇게 말했다.

줍는다고 하니 생각나는데, 우리 집 전용 슈퍼마켓에도 일 년에 딱 한 번 물건이 다양하고 풍성해질 때가 있다.

바로 오봉(일본의 명절. 한국의 추석과 비슷한 명절이다)이다.

규슈에서는 오봉 축제의 마지막 날에 부처님을 배웅한다는 의미에서 작은 배에 먹을 것과 꽃을 실어 강에 띄워 보낸다.

벌써 눈치 챈 사람도 있겠지만 그렇게 상류에서 떠내려 온 배는 당연히 할머니가 만들어놓은 막대에 걸리고, 할머니는 배에 실려 있는 사과나 바나나 같은 과일을 집어낸다.

사과와 바나나가 먹고 싶기는 했지만 부처님한테 벌을 받을 것만 같았다.

"할머니, 이거 부처님한테 바치는 거 아냐?"

"맞아."

"아무리 우리가 가난해도 이건 나쁜 짓이잖아."

"나쁜 짓이라니, 이대로 과일이 흘러가면 바다가 오염되고, 그럼 물고기도 얼마나 싫겠니?"

그렇게 말하면서 할머니는 배를 하나하나 집어 올려 그 안의 먹을 것만 꺼내는 작업을 멈추지 않았다.

"하지만······."

할머니는 부지런히 손을 움직이면서 말을 이었다.

"배에는 죽은 사람의 영혼이 타고 있으니까 배는 강으로 돌려보내야 해."

그러고는 배를 다시 강에 띄워 보낸다.

"고맙습니다."

이번에는 손을 모으고 고개를 숙인다.

할머니는 불심이 깊은 사람이었다.

아침 공양을 거르는 일이 없었고, 그렇게 가난해도 스님에게 하는 보시나 일 같은 것으로 쩨쩨하게 구는 적은 한 번도 없었다.

일년에 딱 한 번뿐인 이런 호사는 부처님도 눈감아 주지 않을까.

선생님의 도시락

사가에 온 지 1년이 지났다.

그 동안 할머니의 조언으로 '달리기' 라는, 돈이 전혀 들지 않는 궁극의 스포츠에 몰두했던 성과는 의외로 컸다.

주위는 물론 스스로도 놀랄 정도로 달리는 것이 빨라졌다.

이제 곧 운동회.

나는 달리기에 자신이 있었기 때문에 엄마가 꼭 운동회에 와주기를 바랐다.

〈엄마, 난 달리기에 자신이 생겼어.

연습 때도 늘 1등이야.

그러니까 운동회 때 와서 내가 달리는 모습을 봐 줘요.〉

삐뚤빼뚤한 글씨로 열심히 편지를 써 보냈는데, 대답은 〈갈 수 없다〉였다.

매달 내게 돈을 보내기 위해서 열심히 일을 해야 하는 엄마의 형편을 모르는 것은 아니었지만 서운한 마음은 어쩔 수 없었다.

'운동회 날, 비나 펑펑 쏟아져라.'

기다리고 기다리던 운동회였는데 갑자기 시큰둥해지자 심술까지 났다.

그런데 운동회 날 아침, 우울한 기분을 날려버리는 할머니의 이상한 소리에 잠이 깼다.

"우메! 우메!"

할머니의 소리는 마당에서 들려왔다.

무슨 일인가 싶어서 방문을 열고 마당을 봤더니 닭더러 달걀을 '낳아' 하고 명령하는 것이었다. 우메는 일본 말로 '낳아'라는 뜻이다.

당시 할머니 집에는 닭이 다섯 마리 있었는데, 매일 달걀을 낳지는 않았다.

게다가 냉장고도 없어서 그 날 낳은 달걀만 먹을 수 있었다.

보통은 급식이 나오지만 운동회 날은 도시락을 갖고 가야 했기 때문에 할머니는 적어도 달걀 프라이라도 싸주고 싶었던 것이다.

그 당시 급식을 맛없다고 하는 친구들도 있었지만 나에게 학교 급식은 최고의 풀코스 요리로, 영양 보급의 장이었다. '냄새 난다'며 먹지 않는 친구가 많았던 탈지분유는 대여섯 번이나 더 받아 마셨고, '딱딱해서 싫다'며 남긴 쿠페빵^{(해삼 모양} ^{의 빵으로 프렌치롤)}은 교과서를 빼놓고라도 가방에 집어넣어 집에 갖고 왔다. 갖고 온 빵을 숯불에 구우면 집 안에 고소한 냄새가 진동했다.

할머니도,

"꼭 프랑스 사람 같아."

하고 웃으며 뜨거워진 빵을 입에 넣었다.

"기왕이면 마가린도 있으면 좋을 텐데."

그러면 할머니는 이렇게 한방 먹인다.

"그런 외국 사람도 있냐?"

운동회 날 아침의 그 '우메' 소동은 이랬다.

"우메, 얼른 낳아!"

"꼭꼬! 꼭꼬꼬!"

"무슨 말이 많아, 얼른 낳지 못해!"

"꼭꼬! 꼭꼬꼬!"

"오늘이 운동회라는 거 알지? 우메! 우메!"

"이놈의 멍청한 닭 같으니! 우메! 우메!"

할머니의 마음은 고맙지만 닭이 불쌍했다.

그런데 그렇게 할머니와 닭의 실랑이를 보고 있는 동안 기묘한 것을 깨달았다.

"우메! 우메!"

하고 닭에게 기합을 넣는 할머니에게,

"네! 네!"

하고 대답하는 상대가 있었다.

"우메! 우메!"

"네! 네!"

"우메! 우메!"

"네! 네!"

가만히 들어보니 그것은 옆집에서 들리는 소리였다.

옆집 할머니의 이름이……, '요시다 우메' 였다.

결국 할머니의 협박은 성공하지 못하고 나는 밥과 매실 장아찌와 생강이 든 도시락을 들고 학교로 갔다.

얄미울 정도로 화창한 날씨였는데 나는 더 이상 운동회가 싫다고는 생각지 않았다. 엄마가 오지 못한 것은 유감이었지만 열심히 하자고 결심했다.

"선서! 우리는 스포츠맨 정신으로 정정당당히 싸울 것을 약속합니다."

6학년 대표의 선수 선언과 함께 사가에서의 첫 운동회가 시작되었다.

내가 출전하는 저학년 50미터 경주는 오전 프로그램의 하이라이트로, 가장 마지막에 하는 종목이었다.

공 넣기와 체조 등 프로그램이 차례로 진행되고 드디어 50미터 경주 차례가 되었다.

경쾌한 음악에 맞춰 입장.

막상 경주가 시작되려 하자 그때까지 자신만만했던 나도 조금은 긴장이 되었다.

"각자 제 자리에, 준비……."

"탕!"

출발 신호와 함께 첫번째 그룹이 달려 나갔다.

"탕!"

"탕!"

"탕!"

총 소리를 신호로 차례로 주자가 달려간다.

개중에는 도중까지 일등으로 달리다가 넘어지는 바람에 꼴지를 하고 우는 아이도 있었다.

그런 아이를 보자 가슴이 덜컥했다.

드디어 내 차례가 되었다.

"각자 제 자리에, 준비…… 탕!"

총 소리와 함께 나는 뛰어 나갔다.

매일 혼자서 달렸던 운동장을 마음껏 바람을 가르며 함께 달린다.

파란 하늘에 응원 온 학부형들의 환성이 터진다.

나는 앞만 보고 달렸다. 정신을 차려보니 어느 새 테이프를 끊고 1등으로 골인했다.

"엄마, 내가 일등이야."

오늘은 오지 못했지만 편지에 쓰면 엄마도 기뻐해줄 것이다. 그때는 그것만으로도 좋았다.

그런데 그런 상쾌한 기분은 오래 가지 못했다.

"즐거운 점심시간이 되었습니다. 학생 여러분은 부모님과 함께 도시락을 먹은 후 오후 프로그램을 준비하세요."

스피커를 통해 교감 선생님의 목소리가 들렸다. 아이들은 응원 온 가족과 함께 도시락을 먹기 위해 운동장 여기저기로 흩어졌다.

"잘 했어."

"안 다쳤니?"

"네가 좋아하는 비엔나소시지 싸왔다."

칭찬하고 걱정하며 애정 깊은 말이 오가는 속에서 나는 혼자 일등 리본을 가슴에 단 채 교실 쪽으로 걸어갔다.

달리기 때 아무도 내 이름을 불러주지 않았던 것보다 더욱 속상하고 슬펐다.

"아키히로, 정말 잘 뛰더라. 도시락 같이 먹자."

같은 동네 아주머니가 말했다.

"아뇨, 엄마가 저쪽에서 기다려요."

그렇게 뻔한 거짓말을 하고 나는 혼자 교실로 뛰어갔다.

할머니도 오지 않았다.

아니, 운동회뿐만 아니라 학부모 수업 참관일 때도 할머니는 오지 않았다.

전학 온 첫날, '나이 들었다'는 말을 들은 것이 계속 마음에 걸리는 모양이었다.

할머니는 자신이 학교에 오면 내가 창피해할 거라고 생각하는 것 같았다.

교실에 들어온 나는 혼자 자리에 앉았다.

운동장에서는 웅웅 벌이 날갯짓을 하는 것처럼 떠들썩한 소리가 들린다.

눈물을 글썽이면서 도시락 뚜껑을 열려 했을 때였다. 드르륵 교실 문이 열렸다.

"아키히로, 여기 있었니?"

담임선생님이었다.

"왜요, 선생님?"

나는 당황해 얼른 눈물을 닦았다.

"저기, 도시락 좀 바꿔주지 않을래?"

"네?"

"선생님이 아까부터 배가 좀 아프거든. 너 매실장아찌랑 생강 싸왔지?"

"네."

"다행이야. 이럴 때는 그런 반찬이 좋아. 좀 바꿔줄래?"

"네, 그러세요."

나는 선생님과 도시락을 바꿨다.

"고맙다."

선생님은 내 도시락을 갖고 밖으로 나갔다.

"배탈 났나? 괜찮아야 할 텐데."

그렇게 중얼거리면서 선생님의 도시락 뚜껑을 연 나는 입이 쩍 벌어졌다.

달걀 프라이에 비엔나소시지, 새우튀김. 선생님의 도시락에는 그때까지 내가 본 적도 없는 맛있는 음식들이 잔뜩 들어 있었다.

나는 그것들을 정신없이 먹었다.

세상에 이렇게 맛난 것이 있었나 할 정도로 맛있었다.

선생님의 배탈 덕분에 쪼그라들었던 마음이 조금은 기운이 났다. 덕분에 나는 오후 릴레이에서도 대활약을 할 수 있었다.

그리고 1년이 지났다.

3학년에 된 나는 역시 운동회에서 주인공이었지만 엄마는 일 때문에 오지 못했다.

그리고 점심시간이 되었다.

도시락을 먹으려고 하는데 또 드르륵 교실 문이 열리고 선생님이 들어왔다.

"아키히로, 올해도 여기서 혼자 밥 먹니?"

"네."

"선생님이 배가 아프거든. 너 매실장아찌랑 생강 싸왔지? 도시락 좀 바꿔줄래?"

"네, 그러세요."

물론 나는 흔쾌히 도시락을 바꿨고, 선생님의 맛있는 도시락을 먹었다.

그리고 다음 해.

4학년 때는 여자선생님이 담임이 되었다.

운동회 때는 역시 대활약을 했지만 엄마는 오지 않았다.

그리고 점심시간.

교실 문이 열렸다.

"아키히로. 여기 있었니? 갑자기 선생님이 배가 아파서 그런데 도시락 좀 바꿔줄래?"

새 담임선생님까지 배가 아프다니, 왜 이 학교 선생님은 1년에 한 번 운동회 날에 꼭 배가 아픈 걸까, 하고 진지하게 생각했다.

그리고 나서 초등학교를 졸업할 때까지 나는 줄곧 운동회의 주인공이었고, 엄마는 한 번도 오지 않았다. 그리고 매년 담임

선생님은 운동회 날이 되면 복통을 일으켰다.

　나는 6학년이 되어서야 처음으로 선생님의 배가 아픈 이유를 알았다.

　"할머니, 이상하지? 왜 모두 운동회 때 배가 아픈 걸까?"

　"그건 선생님이 일부러 그러신 거야."

　"응? 하지만 배가 아프다고……."

　"그게 진정한 친절이다. 너를 위해서 도시락을 갖고 왔다고 하면 너나 이 할미도 마음이 상할 것 아니니? 그래서 선생님은 배가 아프다면서 바꿔달라고 하신 거야."

　운동회 때 늘 혼자 밥을 먹는다는 내 이야기가 신생님들 사이에 전해져서 적어도 일년에 한 번 맛있는 것을 먹여주자고 선생님들이 꾀를 낸 모양이다.

　진정한 친절은 남이 모르게 하는 것.

　그것은 할머니의 신조이기도 했다. 그 후에도 나는 할머니에게 여러 번 그 말을 들었다.

　그리고 운동회의 도시락 이야기는 지금도 선생님이 내게 베푼 진정한 친절로 마음속 깊이 남아 있다.

할머니의 아이디어

사가는 남쪽 지방이라서 따뜻할 것이라고 생각하는 사람이 많은데, 규슈의 겨울은 의외로 춥다.

게다가 할머니네 집은 오래 된 일본 집이었기 때문에 추위가 뼈에 사무친다. 날이 추우면 피하지방이 더 필요해지는 건지 다른 때보다도 배가 빨리 꺼지는 것 같았고, 실제로 배가 비었을 때는 더 춥게 느껴졌다.

초등학교 3학년 때의 일이다. 늦가을로 접어들면서 추위가 시작되었다.

학교에서 돌아온 나는 어깨에 맨 가방을 내려놓기가 무섭게 외쳤다.

"할머니 배고파!"

그런데 그 날은 아마도 먹을 것이 하나도 없었던 모양이다.

할머니는 갑자기 이렇게 대꾸했다.

"기분 탓이야."

아직 아홉 살이었던 나는 할머니가 그렇게 말하면 '그런가?' 하고 얌전히 있을 수밖에 없었다. 해가 져서 밖에서 놀 수도 없고 그렇다고 텔레비전이 있는 것도 아니었다. 따분해진 내가 중얼거렸다.

"뭐 할 것 없나?"

그러자 할머니는 이렇게 말하는 것이 아닌가.

"그만 자라."

시계를 보니 아직 오후 5시 반이다.

자기에는 너무 이르다고 생각했지만 배도 고프고 추웠던 나는 순순히 이불 속으로 들어가 누웠다. 그리고 어느 새 잠이 들고 말았다.

아마 밤 11시 반쯤 됐을 것이다.

아무리 기분 탓이라고는 하지만 배가 너무 고파서 잠이 깬 나는 옆에서 자는 할머니를 흔들어 깨웠다.

"할머니 진짜 배고파."

이번에는 이렇게 말했다.

"꿈이야."

이불 속이었기 때문에 순간, '정말 꿈인가' 생각했지만……, 배고픔과 추위로 눈물이 났다.

할머니는 늘 밝게 웃는 사람이었고, 매일 그런 날이 계속된 것도 아니었지만 그래도 추운 겨울에는 왠지 기분이 가라앉는다.

그런 어느 날이었다. 다른 때보다 유난히 더 추웠던 겨울밤. 뭐가 신이 났는지 기분이 좋아 보이는 할머니에게 물었다.

"무슨 일 있었어?"

"오늘부터는 탕파(잠자리를 따뜻하게 하기 위해 더운물을 채워 자리 밑에 넣어두는 사기나 쇠로 만든 그릇)가 있으니까 따뜻할 거야."

할머니는 환하게 웃으면서 타원형으로 된 은색의 낡은 탕파에 뜨거운 물을 부었다.

주워온 것인지, 아니면 걸린 것을 건져온 것인지 알 수 없었다.

"그깟 걸로 따뜻해져?"

나는 반신반의했다.

그런데 탕파를 담요에 둘둘 말아 발밑에 놓자 정말 따뜻한 것이 아닌가. 그 작은 탕파 하나로 나는 천국을 맛보았고, 덕분에 따뜻한 이불 속에서 아침까지 푹 잘 수 있었다.

그 날 밤부터 나는 완전히 탕파 숭배자가 되어 밤이면 할머니가 탕파에 뜨거운 물을 부어주기를 기다렸다.

그런 어느 날 밤, 옆집 할머니가 찾아왔다.

다른 날과 마찬가지로 할머니와 나는 8시경에 잠자리에 들었다. 물론 발밑에는 뜨끈뜨끈한 탕파가 놓여 있었다.

그런데도 할머니는 싫은 얼굴 하지 않고 상냥하게 옆집 할머니를 맞았다.

"이거 선물 받은 거예요."

옆집 할머니는 값비싼 장아찌를 할머니에게 주었다.

"아이고, 이거 고마워서 어째. 차라도 한 잔 마시고 가요."

"괜히 늦은 시간에 미안해서 어째."

말은 그렇게 하면서 부랴부랴 방 안으로 들어오는 옆집 할머니.

그런데 그 다음이 문제였다.

"마침 잘 됐어!'

할머니는 이불 안에서 꺼낸 탕파의 뚜껑을 열어 작은 차 주전자에 물을 따랐던 것이다!

당연히 옆집 할머니는 쉽게 찻잔을 들지 못했다.

그런데 할머니는 천연덕스럽게 웃으며 말했다.

"어서 들어요. 조금 전까지 발이 놓여 있었지만 안의 물은 관계없으니까."

이때만큼은 나도 옆집 할머니의 편을 들고 싶었는데, 그로부터 며칠 후 남을 동정할 상황이 아닌 처지에 놓이게 되었다.

기다리고 기다렸던 가을 소풍 날 아침.

"할머니, 물통 없어?'

물통을 찾던 내가 묻자, 할머니는 곧바로 대답했다.

"탕파에 담아 가면 돼."

"엥? 탕파?"

어이가 없었지만 아무 것도 없는 것보다는 낫다는 생각에 나는 할머니가 준 탕파를 갖고 집을 나섰다.

하지만 그건 어디까지나 탕파다.

탕파를 끈으로 짊어지고 걷던 나는 반 친구들은 물론 길 가는 사람들에게까지 주목의 대상이 되고 말았다.

하루 종일 정말 창피했는데, 집으로 돌아오는 길에 사태는 완전히 바뀌기 시작했다.

뛰어 다니며 놀았던 데다가 먼 길을 걸은 터라 다들 목이 말랐다. 친구들의 작은 물통은 이미 텅 비었는데, 내 탕파에는 아직 3분의 2 정도의 물이 남아 있었다.

"아키히로, 너 아직 물 남았지?"

"나 좀 줘!"

친구들이 나한테로 몰려왔다. 물이 줄면 탕파가 가벼워지기 때문에 거절할 이유가 없었다.

"그래, 줄게."

친구들에게 인심을 쓰자, '고마워. 이거 먹어' 하면서 과자를 주는 친구까지 있었다.

다른 집에서는 '다녀왔습니다! 먹을 것 없어?' 하고 말하면 만두나 과자를 주지만, 우리 집은 '먹을 것 없어?' 하고 물으

면 '다나카 아저씨네 감이 먹기 좋게 익었을 게다.' 하는 식이
었다.

탕파의 물을 과자로 바꿀 수 있다니 와라시베 부자[^새폐기부자. 일본의 옛날이야기 중 하나. 껍질을 벗긴 억새인 새폐기 한 가닥에서 차례로 값비싼 물건으로 교환해 결국 부자가 되었다는 이야기]가 된 기분이었다.

이것도 '탕파는 발을 따뜻하게 하는 도구' 라는 기존 개념에
얽매이지 않은, 할머니의 아이디어 덕분일 것이다.

두드려라, 그럼 열릴 것이다!

초등학교 4학년이 된 나는 그 전까지는 관심도 없었던 돈이라는 것에 눈을 뜨게 되었다.

학교에서 집으로 오는 길에 과자 가게가 있는데, 유리로 된 동그란 그릇에 차이나마블^(구슬 모양의 딱딱하고 광택이 있는 사탕)과 참새 알^(콩이 들어 있으며, 달면서도 짠맛이 나는 갈색의 동그란 과자), 커다란 알사탕이 들어 있었다.

차이나마블은 한 개에 1엔, 참새 알은 2개에 1엔이었다.

그 가게에 갈 수 있는 것은 여유가 있는 집 아이들뿐이었다.

"나, 가게 갔다가 갈게."

"안녕!"

손을 흔들고 과자 가게로 사라지는 반 친구가 너무 부러웠다. 나무 열매도 맛있긴 하지만 가끔은 사탕이나 아이스크림 같은 것도 먹고 싶었다.

돈이 없던 나는 사탕을 산 친구 주위를 어슬렁대다가 슬쩍 다가가 묻는다.

"어떤 맛이야?"

"……."

맛을 말로 설명할 수 없으니까 대개의 아이들은 사탕을 내게 내민다.

그런데 내가 계속 사탕을 핥고 있자 더 이상 참지 못하고 말한다.

"그만 줘."

하는 수 없이 돌려주지만 조금 있다가 다시 묻는다.

"어떤 맛이야?"

"아까 먹었잖아."

"잊어버렸어."

"10초 센 다음에 다시 줘야 해."

잊어버렸을 리 없지만 그 정도로 시골 아이들은 순수했다.

마지못해 다시 사탕을 핥게 해준다.

"하-나, 두-울, 세-엣, 네-엣,……열―."

친구가 10초를 세면 순순히 돌려주지만 다시 조금 있다가 다시 묻는다.

"어떤 맛이야?"

그러고는 사탕을 핥아먹는다.

그러다가 서로 10초 씩 번갈아 핥아먹자고 친구를 꼬신다.

"하-나, 두-울, 세-엣, 네-엣,……열―."

친구가 10초를 세면 나는 사탕을 입에서 꺼내 친구에게 주고, 다시 수를 세기 시작한다.

"하나, 둘, 셋, 넷, 다섯, 여섯, 일곱, 여덟, 아홉 열!"

그럼 다시 사탕은 내 입 속으로 돌아온다.

"하-나, 두-울, 세-엣, 네-엣,……열―."

"하나, 둘, 셋, 넷, 다섯, 여섯, 일곱, 여덟, 아홉 열!"

"하-나, 두-울, 세-엣, 네-엣,……열―."

"하나, 둘, 셋, 넷, 다섯, 여섯, 일곱, 여덟, 아홉 열!"

친구는 천천히 세지만 나는 가능하면 빨리 셌다.

친구도 이상한 것을 눈치 채고는 항의한다.

"넌 왜 빨리 세."

"아냐, 천천히 했어. 자, 센다. 하나, 두-울, 세-엣, 넷, 다섯, 여섯, 일곱, 여덟, 아홉, 열!"

"뭐야, 빠르잖아."

"기분 탓이야, 기분 탓."

그렇게 하면서 친구의 사탕을 얻어먹기만 했다.

그런데 어느 날 머릿속에서 번득이는 것이 있었다.

내 돈으로 사탕을 살 방법이 떠오른 것이다.

"야, 우리도 과자 가게에 가자."

나는 친구들에게 말했다.

"가고 싶지만 돈이 없잖아."

"나한테 맡겨!"

"어떻게 하려고?"

"줍는 거야."

"주워? 야, 돈을 어떻게 줍니?"

"돈을 줍는 게 아냐. 돈이 될 것을 줍는 거야."

나는 자신만만하게 그렇게 말하고 친구들에게 다음 일요일 아침에 모두 절에 모이라고 했다.

일요일 아침, 대여섯 명의 친구들이 절에 모였다.

하나 같이 용돈은 꿈에도 생각지 못하는 아이들이다.

"잘 들어. 지금부터 이걸 달고 걷는 거야."

"뭐야, 이게?"

눈을 동그랗게 뜨고 쳐다보는 친구들에게 내가 건넨 것은 자석과 끈이었다.

나는 할머니의 지혜를 빌리기로 한 것이다.

덜그럭덜그럭, 덜그럭덜그럭······

친구들과 함께 자석을 끌며 걷기 시작했다.

실제로 해보면서 놀랐는데, 꽤 많은 못이 떨어져 있었다.

덜그럭덜그럭, 덜그럭덜그럭

그렇게 자석을 끌며 걷고 있는데, 툭툭 머리 위에서 무언가가 떨어졌다.

올려다보니 전봇대에서 아저씨들이 공사하고 있었다.

바닥으로 떨어진 것은, 당시 붉은 색을 띤다고 해서 '아카^{(붉}
^{다는 뜻의 일본어)}'라고 불렸던 구리선이었다.

"아저씨ㅡ, 이거 가져도 돼요?"

"그래, 된다."

전봇대 위를 향해 묻자 아저씨들은 단 두 마디로 구리선을
우리에게 양보해 주었다.

저녁 무렵.

그 날의 수확을 고물상에 갖고 갔다. 우리는 각자 10엔씩 손
에 쥐게 되었다.

그 돈을 갖고 달려간 곳은 물론 그 과자 가게다.

우무 한 꼬치에 5엔 했던 시대였기 때문에 10엔어치 군것질
로도 우리의 입을 충분히 즐겁게 할 수 있었다.

무엇보다 노동 후에 친구들과 같이 먹는 아이스크림은 정말
꿀맛이었다.

그때부터 한 동안 가난한 집 아이들 사이에서 허리에 끈을
매고 자석을 끌며 걸어 다니는 것이 유행했던 것은 말할 것도
없다.

그 무렵 나는 사탕보다 더욱 더 갖고 싶은 것이 있었다.

바로 크레파스다.

당시 우리 반에는 나를 제외하고 모든 아이들이 12색들이
크레파스를 갖고 있었다.

크레파스가 없었던 나는 친구들에게 빌려서 그림을 그렸다.

"다나카, 흰색 좀 빌려줘." 하고 흰색을 칠한 후에는 "야마자키, 빨간색 좀 빌려줄래?" 하고 빨간 색을 칠했다.

물건이 귀했던 시대였기 때문에 모두 크레파스를 아껴 썼던 터라 빌려는 줘도, "많이 쓰면 안 돼.", "조금만 써." 하고 주문을 붙였다.

그래서 눈치를 보면서 이 친구에게 빌리고 저 친구에게 빌려 쓰다보니 내 그림은 늘 오른쪽 눈썹은 검은 색인데, 왼쪽은 빨간 색인 요상한 그림이 되기 일쑤였다.

그런 어느 날이었다.

나는 근처에 사는 이모 아들인 4살 위의 사촌형과 함께 성의 해자에서 뗏목을 타고 있었다.

그런데 뗏목이 무언가에 걸려서 나와 사촌 형은 하는 수 없이 해자 안으로 들어가 뗏목을 밀기 시작했다.

물컹!

그때 발밑에 이상한 감촉이 느껴졌다. 무언가를 밟은 것 같았다.

"내가 뭘 밟았어."

나는 바닥에서 밟은 것을 건져 올렸다.

"뭐야, 이게?"

내 손에 든 것을 보고 형이 갑자기 이상한 소리를 냈다.

"자라다!"

"자라?"

"아키히로, 그거 생선 가게에 팔면 꽤 돈이 될 거야."

우리는 서로 마주 보며 씩 웃었다. 나는 형과 둘이서 자라를 안고 집에 돌아가 양동이에 넣은 다음 서둘러 생선 가게로 뛰어갔다.

아아, 내 발에 밟힌 그 가엾은 자라는 840엔에 생선가게 아저씨에게 팔리는 신세가 되었고, 나와 사촌형은 각각 420엔이라는 거금을 손에 쥐게 되었다.

나는 곧장 돈을 갖고 문방구로 뛰어갔다.

"아줌마, 420엔짜리 크레파스 있어요?"

"380엔짜리 24색이 있는데."

"그거 주세요!"

집에 돌아와서 24색들이 크레파스 뚜껑을 열자 이제껏 보지 못했던 색이 잔뜩 들어 있었다. 특히 금색과 은색을 보니 너무 기뻐서 터져 나오는 웃음을 참을 수 없었다.

다음날, 나는 미술 시간도 들지 않았는데 기다란 크레파스 상자를 갖고 학교에 갔다. 1교시 국어 시간에 나는 책상 위에 크레파스를 꺼내 놓았다.

"아키히로, 그게 뭐니?"

선생님의 질문에 크레파스라는 대답 대신 뚜껑을 열어 보였다.

"24색입니다."

선생님도 '와―, 대단하다.' 하고 말해주었다.

주위 친구들도 24색은 아무도 갖고 있지 않았기 때문에 신기한 듯이 상자 안을 들여다보며 한숨을 내쉬었다.

그리고 한동안 나는 비가 오나 바람이 부나 매일같이 그 기다란 상자를 갖고 학교에 갔고, 산수 시간이건 사회 시간이건 간에 무조건 책상 위에 꺼내놓았다.

미술 시간에는,

"조금만 써."

옆자리 친구에게 금색과 은색 크레파스를 빌려주었다.

크레파스를 갖게 된 것은 정말 기뻤지만, 엄마의 얼굴은 역시 어설픈 피카소 그림이 되고 말았다.

그림 실력은 크레파스하고는 그다지 관계가 없는 것일지도 모른다.

엄마와 야구소년

초등학교 5학년이 되던 해 나는 친구들과 야구팀을 만들었다. 당시 남학생들은 거의 모두 야구팬이었는데, 내가 야구를 좋아하는 데는 다른 이유가 있었다.

매년 여름방학이 되면 나는 엄마가 있는 히로시마에 돌아갈 수 있었는데, 그때마다 엄마는 히로시마 시민 야구장에서 프로야구 경기를 구경시켜 주었다.

"여름방학에 엄마랑 프로야구 구경 갔다."

"정말?"

"거짓말!"

당시 야구 경기를 관람하는 것이 드문 일이었기 때문에 가난한 내가 구경했을 리 없다고 모두 의심했다.

나는 그런 때를 위해서 갖고 있던 '○월 ○일 히로시마 —

자이언트' 라고 쓰인 입장권 반쪽을 아이들 앞에 내민다.

"와!"

"진짜다."

"좋겠다."

야구 입장권 반쪽은 암행어사 마패와 같아서 그것을 내보인 순간, 아이들은 그 자리에서 얼어붙은 채로 하하 하며 숨소리만 냈다.

그런 이유로 야구는 내게 있어 행복의 상징과도 같았다.

뿐만 아니라 내 입으로 말하기는 뭣하지만 나는 운동 신경이 좋은 편이어서 남들보다 빠르게 달렸다.

나는 혼자 경기 요령을 익혔고, 단순한 야구팬에서 직접 경기를 하는 야구소년이 되었다.

방과 후도 일요일도 아무튼 학교에 가지 않는 시간은 야구를 하며 지냈다.

이번이야말로 진정한 스포츠 소년의 탄생이었다.

야구에도 배트와 글러브가 필요했지만 꼭 다 갖춰야 되는 것은 아니다.

시합을 해도 글러브는 양 팀 합해서 9개만 있으면 만만세로, 실제는 5개만 있으면 그럭저럭 게임을 할 수 있다.

연식이었던 데다가 투수, 포수, 일루수 외는 맨손으로도 충분히 할 수 있었다.

물론 베이스도 있을 리 없다. 우리는 베이스 대신 풀을 적당히 뽑아서 땅바닥에 놓고 그곳을 베이스로 했다.

그래도 우리 팀은 6학년 팀과 대전도 했고, 이웃 초등학교의 신청을 받는 등 상당한 강호였다.

그런데 우리 팀에 큰 문제가 생기게 되었다.

어느 날, 이케자와라는 아이가 팀에 들어오기를 희망했다.

"나도 야구하고 싶어."

"그래, 좋아."

들어오고 싶어 하는 아이는 전부 팀에 넣어 주었기 때문에 그 자체에는 아무런 문제도 없었다.

이케자와가 첫 연습에 나오던 날, 우리는 깜짝 놀랐다.

번쩍거리는 새 배트에 글러브를 꺼내는 것을 보고 부러운 나머지 한숨이 다 나왔다. 그런데 이케자와가 이렇게 말했다.

"나, 포수하고 싶어."

그러면서 번쩍거리는 새 스포츠가방에서 번쩍거리는 새 미트와 마스크까지 꺼내는 것이 아닌가.

"이것도 같이 쓰자."

이케자와는 베이스까지 꺼냈던 것이다.

이케자와 네는 대대로 내려오는 과자 가게로, 장남인 이케자와는 식구들의 사랑을 독차지했다.

부모님은 집안일을 이어갈 장남이 야구를 한다고 하자 온갖 야구 도구를 사주었던 것이다.

도구가 없어도 야구를 못하는 것은 아니지만, 없는 것보다는 역시 있는 편이 좋았고 무엇보다 아마추어가 아닌 프로 같아서 보기 좋았다.

아무튼 이케자와의 등장으로 우리에게 시합을 신청하는 팀은 더욱 늘어났다.

그런데 이 도구들을 사용하기 위해서는 꼭 이케자와를 시합에 내보내야만 했다.

하지만 이케자와는 믿을 수 없을 정도로 운동 신경이 없는 아이였다.

이케자와를 시합에서 빼면 그 멋진 도구는 사용할 수 없다.

그러나 이케자와가 나가면 경기에서 진다.

이케자와에게는 미안하지만 그 아이가 없을 때 우리는 늘 다음 경기를 걱정했다.

"다음 시합 어떡하지?"

"이케자와가 나가면 질 게 뻔해……."

"그럼 다시 베이스 없이 해야 하는 거야?"

"안 돼, 안 돼. 상대 팀도 기대하고 있는데 어떻게 하지?"

모르긴 몰라도 이케자와의 귀가 근질근질했을 것이다.

야구소년인 우리들의 꿈은 물론 야구선수가 되는 것이었다.

한번은, 사가시민구장에서 히로시마 카프(일본 센트럴리그에 소속된 야구팀으로, 연고지는 히로시마 시다. 팀명의 카프는 '잉어' 라는 뜻으로, 히로시마 성을 상징하는 물고기다)와 니시테

츠 라이온스(세이부 라이온스의 전신. 일본 퍼시픽리그에 소속된 야구팀으로, 1951년에서 1972년까지 니시테츠 라이온스로 활동, 사이타마 현의 도코자와 시로 연고지를 옮기면서 지금의 팀명이 되었다)의 경기가 있어서 집 근처에 있는 오래 된 여관에 히로시마 카프 선수들이 묵은 적이 있었다.

야구선수를 한번이라도 가까이서 보기 위해 몰려든 사람들로 여관 주위는 인산인해를 이루었다.

그런데 아무리 기다려도 선수들이 나오지 않자 사람들은 하나둘씩 지쳐 돌아가고 결국 나 혼자 남게 되었다.

야구선수에 대한 동경도 있었지만 그들이 엄마가 있는 히로시마에서 왔다는 것이 내게 특별한 기분을 들게 했다.

해가 지고 주위가 캄캄해지자 드디어 식사를 마친 선수들이 하나씩 밖으로 나오기 시작했다.

나는 한 선수에게 달려가 말을 걸었다.

"저기, 잠깐 물어보고 싶은 게 있는데요……."

"뭔데?"

"저…… 우리 엄마가 히로시마에서 일하는데요. 도쿠나가라고 하는데, 혹시 만난 적 있어요?"

지금 생각하면 웃음이 나올 정도로 멍청한 질문이지만, 그 무렵의 나는 히로시마 하면 엄마, 엄마 하면 히로시마였다. 히로시마에 있는 사람은 전부 엄마를 알 것 같은 기분이 들었던 것이다.

그런데 그 선수는 그런 나를 조금도 비웃지 않고 상냥하게 대답해 주었다.

"으-음……, 만난 적은 없는데. 넌 여기 사니?"

"네, 엄마가 일 때문에 바빠서…… 외할머니 집에 절 맡겼어요."

"흐음, 그랬구나. 잠깐 기다릴래?"

그 사람은 다시 여관 안으로 들어가더니 손에 작은 보따리 하나를 들고 나왔다.

"이거, 줄게. 엄마한테 안부 전해 줘. 자. 그럼."

그는 나에게 보따리를 주더니 손을 흔들며 사라졌다.

그 보따리 안에는 콩과자가 잔뜩 들어 있었다.

설탕 옷을 입힌 달콤한 냄새가 나는 그 과자를 한 줌 집어 입에 넣자, 고소함과 달콤함에 나도 모르게 눈이 가늘어졌다.

그 사람은 엄마를 만난 것도 아니고, 만나도 모를 것이다. 그런데도 웃으면서 '안부 전해 줘.' 하고 말해준 그 사람의 친절이 나를 히로시마 카프의 열렬 팬으로 만들었다.

지금 생각하면 그 사람은 고바 선수^(고바 다케시. 1958년~1969년까지 카프 선수로 활약, 후에 카프의 감독이 되었다)였던 것 같다.

할머니와 엄마

사가에 온 후로 나는 1년에 한 번밖에 엄마를 만날 수 없었다. 운동회에도, 학부모 참관일에도 엄마는 바빠서 올 수 없었다.

어느 해, 겨울방학을 며칠 앞두고 내 머리에 번득이는 것이 있었다.

'학교에는 여름방학만 있는 게 아니라 겨울방학과 봄방학도 있어. 그러니까 여름방학과 똑같이 내가 엄마를 만나러 히로시마에 가면 되잖아!'

이렇게 좋은 생각을 하다니, 나는 기뻐서 당장 할머니에게 말하러 갔다.

"할머니, 나 이번 겨울방학 때도 히로시마에 가고 싶어."

"그건 안 돼."

"왜?"

"겨울엔 기차가 안 다니거든."

나는 기대했던 만큼 크게 실망했다. 하지만 아직 희망은 남아 있다.

"그럼 봄방학 때 갈래."

"그것도 안 돼."

"왜?"

"봄엔 운전사 아저씨들이 바쁘거든."

"그래?"

역시 여름방학에민 히로시마에 갈 수 있는 데는 다 이유가 있었구나.

그렇게 생각하고 나는 포기했다.

하지만 겨울에도 히로시마에 돌아가서 엄마를 만나고 싶다는 기분은 쉽게 사그라지지 않았다.

그래서 나는 히로시마로 이어지는 철도라도 보고 싶어서 친구와 같이 역으로 갔다.

"이 철도를 따라 쭈-욱 가면 히로시마야."

"와―, 이 철도 끝이 히로시마야?"

친구도 감탄하면서 끝없이 이어지는 철도를 보았다.

칙칙폭폭, 칙칙폭폭……

그런데 그때 철도 맞은편에서 기차가 달려왔다.

"우와― 기차다!"

기차가 달리다니, 이야기가 다르다.

나는 친구도 내동댕이치고 서둘러 집으로 돌아갔다.

"할머니, 할머니! 기차가 달려! 올 겨울에는 다니나 봐!"

"설마."

"지금 보고 왔어!"

"아아! 그건 화물열차야."

"아냐! 손을 흔들었더니 차 안에서도 사람이 손을 흔들었단 말이야."

"손? 그건 가축일 거야."

할머니도 나를 속이느라 애를 먹었을 텐데, 아무튼 이렇게 말하면 저렇게 받아넘기는, 정말이지 머리 회전이 빠른 할머니였다.

엄마를 만날 수 있는 것은 일년에 한 번뿐이었기 때문에 나와 엄마는 늘 편지를 주고받았다.

〈이런 것이 필요하니까 보내주세요〉 하고 편지를 써 보내면 절반은 그냥 넘어갔지만, 절반은 꼭 들어주었다.

그것으로 나는 엄마의 경제적인 어려움과 애정을 동시에 느낄 수 있었다.

엄마는 편지를 보낼 때 내 앞으로 한 통, 할머니 앞으로 한 통, 꼭 두 통을 같이 보냈다.

그 날도 엄마가 보낸 두 통의 편지가 도착해서 나와 할머니는 방에서 편지를 읽었다.

"안에 계세요?"

"네, 네. 누구세요?"

현관에서 나는 소리에 할머니는 읽던 편지를 그대로 두고 밖으로 나갔다.

훔쳐 읽을 생각은 없었다. 무심코 할머니가 놓고 나간 편지를 슬쩍 들여다보았다.

편지는 〈아키히로는 잘 있어요?〉 하는 말로 시작되었다.

맨 처음 나에 관한 이야기가 써 있는 것이 기뻐서 나는 편지를 읽어보았다.

그런데 그 후 편지에는 고생스러운 엄마의 근황이 쓰여 있었다.

〈…매달 오천 엔씩 보냈는데 이번 달에는 이천 엔밖에 못 보내니 엄마가 애 좀 써 주세요. 부탁드려요.〉

할머니가 다시 방 안으로 들어왔을 때 나는 시치미를 떼고 앉아 있었지만 내심 어떻게 해야 좋을지 알 수 없었다.

그렇지 않아도 가난한 생활인데, 이번 달에는 엄마가 이천 엔밖에 보내지 못한다.

태평하게 있을 때가 아니다.

생각 끝에 나는 밥을 굶기로 했다.

그 날, 저녁 식사 때였다.

반찬은 여전히 장아찌와 나물뿐이었다.

그나마 양도 많지 않아서 나는 늘 밥으로 배를 채웠다.

그 날도 밥그릇은 순식간에 바닥이 났다.

다른 때 같았으면,

"밥 더 줘!"

하고 말했을 텐데, 그 날은 젓가락을 내려놓았다.

밥을 더 주려고 했던 할머니가 이상하다는 듯이 물었다.

"밥 더 안 먹니?"

"응, 오늘은 됐어."

"왜?"

"……."

"어디 아픈 데라도 있어?"

"아니."

"밥 더 안 먹을래?"

"됐어……."

고개를 숙이고 있는 나를 보고 할머니는 말했다.

"너, 편지 봤지?"

"응……."

그때의 할머니의 얼굴은 지금도 잊을 수가 없다.

화가 난 듯하면서도 슬퍼 보이는, 말로는 표현할 수 없는 얼굴이었다.

나는 더 이상 견딜 수가 없어서 집에서 뛰어 나왔다.

강둑까지 갔을 때 참았던 눈물이 쏟아졌다.

전부 억울하고 화가 났다.

집에 돌아가 할머니의 얼굴을 보는 것이 싫어서 나는 무턱대고 강둑을 걷다가 날이 어두워진 후에 살짝 내 방으로 들어갔다.

이부자리가 깔린 베개 맡에 보자기로 덮어놓은 쟁반이 놓여 있었다. 보자기를 들추자 접시에 놓인 커다란 주먹밥 한 개가 눈에 들어왔다.

〈밥은 제대로 먹어야지.〉 하는 할머니의 편지와 함께.

눈물을 글썽이면서 주먹밥을 먹는데 할머니가 방문을 열었다.

"왔니?"

"응."

할머니는 그 이상 아무 말도 하지 않고 주먹밥을 먹는 나를 가만히 보고 있었다.

워낙 강단이 있기 때문에 우는 일이 없었는데, 그때 할머니의 눈동자는 분명히 흔들리고 있었다.

'조상 대대로 가난하다' 며 호탕하게 웃던 할머니가 처음으로 보인 눈물이었다.

할머니의 생가는 모치나가 가로, 대대로 사가의 성주인 나베시마 번^(지금의 현에 해당하며, 에도 시대 다이묘가 다스렸던 영지나 문중을 말한다)의 유모를 맡아왔다고 한다.

때문에 할머니는 성품 좋은 사람이었을 것이다.

그리고 자세한 경위는 모르지만 할머니는 당시 자전거포를 하고 있었던 할아버지와 결혼했다.

당시 자전거는 상당히 귀한 물건으로, 그런 물건을 다루는 가게를 운영했던 할아버지는 엘리트였다.

모치나가 집안의 딸과 엘리트의 결혼.

그러나 행복은 그리 오래 가지 못했다.

할머니가 마흔 두 살이 되던 해 할아버지는 쉰 살의 나이로 돌아가셨다. 이후 할머니는 청소 일을 하면서 혼자서 일곱 아이들을 키웠다.

너무 가난한 살림이어서 할머니는 자기 것이라고 내보일 만한 변변한 물건 하나 갖지 못했는데, 그런 할머니에게도 유일하게 자랑하는 물건이 있었다.

그것은 시집올 때 갖고 왔다는 가문의 문장이 새겨진, 뚜껑이 있는 직사각형의 궤였다.

시대극 같은 것을 보면 상류층의 아가씨가 출가할 때 하인이 메고 가는, 바로 그것이었다.

옛날 나베시마 번에서 받은 꽤 오래 된 것이라서 어깨에 메는 봉은 없어졌지만 보기에도 튼튼하고 고급스러운 궤였다.

안에는 그야말로 상류층 아가씨가 입을 만한 옷이 들어 있는데, 할머니는 가끔 안의 물건을 꺼내어 햇볕에 쬐고 바람을 쐬는 등 보물처럼 다뤘다.

그런데 할머니에게는 기묘한 버릇이 있었다.

아무리 튼튼하다고 하다지만 오래 된 궤이기 때문에 안전 장치가 있는 것도 아닌데, 할머니는 그곳에 현금을 비롯해 중요한 것들을 넣어두었다.

가장 이해되지 않는 것은 집에 오는 손님을 위해 맥주를 늘 그곳에 보관해두었다.

"맥주라도 한 잔 하고 가세요."

할머니가 그렇게 말하며 가문의 문장이 새겨진 궤 뚜껑을 턱 하고 열 때면 솔직히 창피했다.

할머니는 정작 본인은 전혀 마시지 않으면서 손님이 오면 낮이든 밤이든 맥주 뚜껑을 따주는 사람이었기 때문에 할머니에게 맥주는 손님을 대접하는 귀한 물건이고, 귀한 물건은 보물 상자에 넣어두어야 한다고 생각했을지도 모른다.

할머니에 대해 이야기했으니 엄마에 대해서도 말하지 않을 수 없다.

엄마도 할머니의 딸답게 성격이 좋은 사람이었다.

내가 5학년 때는 그때까지 했던 선술집을 그만두고 히로시마에서도 몇 안 되는 커다란 중화요리점에 근무하면서 매니저까지 되었다. 엄마는 일이 일인 만큼 늘 세련되게 기모노를 차려 입고 있었는데, 무엇보다 엄마는 우아한 매력이 있는 사람이었다.

5학년인가 6학년 때의 봄이었을 것이다. 한번은 엄마가 며칠 간 시간을 내어 사가에 머문 적이 있었다.

여름방학 때 히로시마에서 지낼 수 있다고는 하지만 엄마는 일을 해야 한다. 그래서 아침부터 밤까지 같이 있을 수 없는데, 이번에는 엄마가 휴가를 내어 할머니 집에 온 것이다.

학교에 가는 것 외에는 계속 엄마와 같이 있을 수 있었다.

사실은 학교도 가고 싶지 않았지만 그렇게는 할 수 없었다.

그래서 지각 직전까지 집에서 뭉개다가 학교에 갔고, 학교에 가서도 수업이 끝나면 쏜살같이 집으로 직행했다. 그래도 절대 혼자 집에 가지 않는다.

"우리 집에 엄마 있거든? 좋겠지?"

이렇게 자랑을 하며 꼭 친구들을 끌고 집으로 갔다.

친구들이야 엄마가 집에 있는 것이 지극히 당연한 일이었겠지만 내게는 그것이 자랑하고 싶을 정도로 기쁜 일이었다.

게다가 엄마를 보면 다들 칭찬하였다.

"너희 엄마 되게 예쁘다."

나는 그게 너무너무 좋았다.

"엄마!"

"우리 아키히로 왔니?"

"친구들도 데리고 왔어!"

"그래? 어서들 와라. 이거 히로시마 빵인데 먹을래?"

예쁜 엄마가 생글생글 웃으면서 건네주는 모미지 빵^{(단풍나무 잎이}라는 뜻의 일본 전통 빵)을 나는 자랑스럽게 친구들에게 나눠줬다.

친구들은 히로시마라는 대도시에서 온 세련된 엄마와 당시에는 아직 유명하지 않았던 단풍나무 잎 모양의 모미지 빵을 번갈아 보았다.

엄마가 히로시마로 돌아가기 전날, 오랜만에 친척들이 모여서 꽃구경을 가기로 했다.

친척이 딴 친척을 데리고 오고, 이웃 사람까지 데리고 와서 아마 한 삼사십 명은 되었을 것이다.

만개한 벚나무 아래 지리를 깔고 앉아 맛있는 음식을 먹었다. 분위기가 무르익고 엄마가 노래를 부르게 되었는데, 엄마의 노래 솜씨가 너무 훌륭해서 사람들이 환성을 지르며 박수를 쳤다. 흥에 겨워 이모가 샤미센^(일본 고유의 음악에 사용하는 세 개의 줄이 있는 현악기)을 가지러 집에 갔을 정도였다.

이모의 샤미센 연주에 맞춰 엄마가 노래를 부르자 꽃구경을 나온 사람들의 시선이 우리에게 집중되었다.

개중에는 나에게 다가와 말을 거는 사람까지 있었다.

"저 사람, 네 엄마니?"

"네."

"정말 노래 잘 한다. 자, 이거."

그 사람이 내 손에 쥐어준 것은 오십 엔이었다.

말하자면 놀음차^{(잔치 때 악공에게 수고했다고 주는 돈으로, 일본에서는 '오히네리' 라고 하여 종이에}

^{돈을 싼 후 살짝 비틀어서 준다)} 같은 것이었다.

무대에서 부르는 것이 아니었기 때문에 본인에게 던져주기가 뭣했을 것이다.

내가 엄마의 아들이라는 것을 알자 그 후에도 오십 엔, 백 엔 하고 사람들이 내게 돈을 쥐어주었다.

"또 한 곡 부탁해요." 하며 맥주를 갖다 주는 사람도 있었다.

엄마도 이모도 흥에 겨워 연주를 하고 노래를 불렀다.

"네 엄마 정말 노래 잘 부르지?"

할머니는 술을 한 방울도 마시지 않았지만 노래를 부르는 엄마의 모습에 푹 빠져서 마치 술에 취한 것처럼 얼굴이 발그레했다.

얼굴도 예쁘고 노래도 잘 부르는 엄마의 아들이라는 것이 너무 자랑스럽고 기뻤다. 게다가 돈까지 받았으니, 그 날은 잊지 못할 최고의 봄날이었다.

그 날 밤. 흥분이 가라앉지 않은 채 잠자리에 든 나는 옆에 누워 있는 엄마에게 말했다.

"엄마, 엄만 어떻게 그렇게 노래를 잘해?"

"그래? 고맙다. 초등학교 때는 이모랑 같이 만주에 위문 공연을 간 적도 있어."

"만주라면 지금의 중국?"

"응, 그래."

"근데 위문이 뭐야?"

"만주에 있던 군인들에게 민요를 들려주러 간 거야."

"외국까지 노래를 부르러 갔어? 초등학생이? 대단하다."

"아빠랑 결혼하지 않았다면 가수가 되고 싶었을 정도로, 노래 부르는 것을 좋아했어."

엄마는 그렇게 말하고 웃었지만, 아마도 농담만은 아니었을 것이다.

내가 코미디언이 되어 〈스타가족 대항 노래 대회〉에 나왔을 때 엄마는 매우 만족했고, 세 번 출진해서 세 번 모두 가창상을 받았다.

그러고 보니 가수는 아니지만 내가 연예계에 들어온 것은 엄마의 피를 받았기 때문일지도 모른다.

그런데 우리 집은 나만 제외하곤 전부 미인미남이다. 엄마도, 외할머니도, 형도 하나 같이 인물이 좋다.

결국 나만 아버지를 닮은 것인데, 아버지의 유복자가 맞긴 맞는 모양이다.

세상에서 가장 비싼 야구 신발

중학교에 입학하자 나는 바로 야구부에 들었다.

초등학교 때 같은 팀에 있었던 친구들도 대부분 야구부원이 되었다.

당시 야구부에는 3학년과 2학년이 15명씩이나 있었는데도 나는 발이 빠른 것을 인정받아 후보 선수를 면할 수 있었다.

이때도 할머니가 권해준 '달린다' 가 크게 공헌한 것이다.

중학교 야구부는 초등학교 때 스스로 해왔던 팀과는 달리 연습의 양이나 질적인 면에서 비교가 안 되었다.

나는 더욱 야구에 빠지게 되었다.

그 무렵 이런 일이 있었다.

무엇을 하든지 나에 대해 무관심한 척했던 할머니가 우연히 연습을 보러 오게 되었다.

하지만 여전히 엄마가 아닌 할머니라는 것이 마음에 걸렸는지 여봐란 듯이 오지는 않는다.

연습 시합을 보러 와도 앞에 나서지 않고 멀찌감치 뒤에서 구경했다.

"야, 할머니 오셨어."

"응, 알아."

매번 친구가 내게 귓속말로 가르쳐주지만 할머니가 신경쓰는 것을 알기 때문에 나도 모른 척했다.

그 날, 집에 돌아왔더니, 할머니가 신이 나서 먼저 말을 꺼냈다.

"아키히로야, 너 오늘 아주 잘 치더라."

그 날은 내가 굿바이 홈런을 친 날이었다.

운동장에 왔던 것은 알고 있었지만 나는 시치미를 뗐다.

"어? 그걸 할머니가 어떻게 알아?"

할머니는 겸연쩍은 듯이 하하 웃었다.

그런 일이 몇 번 있은 후 차츰 할머니도 한 가운데서 소리를 지르며 응원을 하게 되었다.

"아키히로—, 한방 날려!"

평소에는 기품 있는 할머니가 이때만큼은 소리를 지르며 응원해주었다.

가족이 아무도 보러 오지 않는 것에 익숙해 있던 나는 할머니의 응원이 기뻤고, 한편으로는 쑥스럽기도 했다.

그런데 정규 선수가 될 수 있었던 것은 좋았지만 여러 가지로 돈이 들었다.

우리들끼리 만들었던 야구팀과는 달리 연습복과 도구가 꼭 필요했던 것이다.

연습복은 할머니가 매일 강에서 빨아주었지만 몸도 커지고, 역시 한 벌만으로는 견딜 수 없었다.

"내일은 다들 운동장을 뛰기로 해서 아침 일찍 가야 해."

그런 거짓말을 하고 새벽 3시부터 중앙 시장에서 아르바이트를 했다.

중학생이 할 수 있는 일이라고 해야 짐 옮기기와 정리 같은 육체노동이 고작이었다. 그래서 아르바이트가 끝나는 아침 8시나 9시에는 완전히 녹초가 되었다.

당연히 학교에는 가지 못하고 그대로 집으로 돌아와 쓰러져 자고, 낮 3시부터 시작되는 야구부 연습에 나갔다.

그 무렵 할머니와는 같은 방을 쓰지 않았기 때문에 눈치 채지 못할 것이라고 생각했는데 새 연습복과 야구 도구가 하나씩 늘어났으니까 보고도 못 본 척해준 것일지도 모른다.

그도 그럴 것이 당시에는 집안 일을 돕기 위해 학교를 쉬는 아이가 많았다.

"아시하라, 요즘 안 보이더라."

"응. 집의 철공소 일을 돕는 것 같아."

그런 식의 대화는 일상다반사였다.

학교를 가지 않고 아르바이트를 한다고 해서 지금처럼 그것을 불량스럽게 보거나 하지 않았다.

2학년이 되어 여름 대회가 시작되고 3학년들이 은퇴하자 나는 야구부의 주장이 되었다.

주장이 된 날, 저녁밥을 먹으면서 할머니에게 말했다.

"나, 이번에 주장 됐어."

할머니는 갑자기 젓가락을 내려놓고 자리에서 벌떡 일어났다. 그리고 기다란 궤의 뚜껑을 턱 하고 열더니 안에서 만 엔짜리 지폐를 한 장 꺼냈다.

"아키히로, 지금부터 신발 사러 가자."

할머니는 그렇게 말하고 현관으로 척척 걸어 나갔다.

나는 그때까지 스파이크 슈즈가 없어서 계속 일반 운동화를 신고 운동을 했다.

그런데 이미 7시가 넘은 시간이었다.

"할머니. 벌써 가게 문 닫았어."

나는 할머니 뒤를 좇아가며 말했다.

"무슨 소리야, 우리 주장한테 야구 신발을 사줘야지."

할머니는 내 말은 아랑곳하지 않았다.

동네에 한 곳뿐인 스포츠용품 가게에 도착했을 때는 7시 반이었고, 가게 문을 닫으려 하고 있었다.

주인아저씨가 바깥에 진열해놓았던 신발과 샌들을 바쁘게 안으로 들여놓는다.

할머니는 주저하지 않고 큰 소리로 말했다.

"제일 비싼 야구 신발 주세요!"

"네?"

"제일 비싼 야구 신발 주세요!"

색깔도 사이즈도 말하지 않고 갑자기 '제일 비싼 것'이라고 하니 아저씨는 당황해서 입을 반쯤 벌리고 있다가, 드디어 할머니의 말을 이해했는지, 일단 가게 안으로 들어오라고 했다. 그리고 가장 값비싼 스파이크 슈즈를 내 주었다.

"이천이백오십 엔입니다."

아저씨가 그렇게 말하자 할머니는 무엇을 오해했는지,

"무슨 그런 말을. 물론 비쌀 테지만 만 엔에 해요!"

하며, 손에 꼭 쥐고 있던 만 엔짜리 지폐를 내보였다.

눈앞에 내민 만 엔을 보면서 아저씨는,

"아니, 그럴 수 없죠."

하며 난처해했다.

아마 할머니는 오랜만에 만 엔짜리 지폐를 쓰는 것에 흥분했고, 그리고 긴장했을 것이다.

그건 그렇고 꿈에도 생각하지 못했던 스파이크 슈즈 구입에 나는 가슴이 뛰었다. 너무 기뻐서 몇 번을 쓰다듬고, 잘 때도 머리맡에 두고 잤다.

다음 날은 학교에 갈 때부터 스파이크 슈즈를 신고 갔다.

그리고 건물 현관 앞에서 흙을 털고 실내화로 갈아 신은 후 스파이크 슈즈를 들고 교실로 갔다.

1교시는 수학이었는데, 상관없이 책상 위에 스파이크 슈즈를 올려놓았다.

"아키히로, 어떻게 된 거야?"

"하나 샀어."

친구들의 질문에 득의양양하게 대답하고 반짝반짝 빛나는 새 스파이크 슈즈를 들어 보였다.

"아키히로, 뭐냐, 그게?"

"새 스파이크요. 멋지죠?"

선생님이 물어도 가슴을 펴고 씩씩하게 대답했다.

2교시 과학 시간에도, 3교시 세계사 시간에도 책상 위에 스파이크 슈즈를 올려놓고 선생님이 물어보기를 기다렸다.

적어도 이삼 일은 그렇게 했던 것 같다.

태어나 처음으로 스파이크 슈즈를 산 것이 너무너무 기뻤던 것이다. 가난한 내가 모두에게 자랑하고 싶었던 것은 크레파스와 이 스파이크 슈즈뿐이었다.

지금은 축구의 인기가 대단하지만 당시는 야구가 최고로 인기 있는 스포츠였다.

게다가 우리 죠난 중학교의 야구부는 현 내에서도 유명한 강팀이었기 때문에 그런 야구부의 주장이 되자 순식간에 나는 학교의 스타가 되었다.

결코 과장이 아니다. 동급생은 물론 하급생과 상급생, 다른 학교 여학생한테까지 선물과 팬레터가 쏟아졌다.

'이거 읽어보세요.' 하고 주뼛거리며 편지를 주기도 하고, '연습할 때 쓰세요.' 하고 이니셜이 새겨진 수건을 선물로 주기도 했다. 뿐만 아니라 사물함을 열었더니 편지가 우르르 쏟아지는, 만화 속에서나 볼 법한 일도 있었다.

여학생들의 응원이 싫은 것은 아니었지만 연습에 바빴던 나는 그쪽에 관심을 둘 수 없었다.

그리고 무엇보다 나는 여학생들의 달콤한 말보다는 남자의 우정에 감사하고 있었다.

우리 집의 형편을 아는지 모르지만 아무튼 친구들은 내게 이런저런 것들을 갖다 주고, 또 친절하게 대해 주었다.

난리라는, 동네에서 가장 큰 농가의 아들이 있었는데, 어느 날 갑자기 내게 물었다.

"아키히로, 떡 좋아하니?"

"응……."

"우리 집에 많이 있으니까 내일 갖고 올게."

난리는 씩 웃으며 그렇게 말하고 돌아갔다.

그런데 다음 날, 아침 조회 시간에 소지품 검사를 했다.

"뭐야, 이 칼은 압수야."

"라이터가 왜 가방 안에 들어 있어?"

하나하나 검사를 계속 하는 중에 난리 차례가 되었다.

"뭐야? 또 이건."

선생님은 기가 막힌다는 표정으로 난리의 가방에서 엄청난 양의 떡을 꺼냈다.

난리는 주저 없이 말했다.

"떡인데요."

"누가 떡인 줄 몰라? 떡을 갖고 온 게 나쁘다는 게 아니라, 교과서는?"

난리는 내게 주려고 가방 하나 떡을 싸 온 것이다.

그 외에도 난리는 감자나 양파도 자주 갖다 주었는데, 운 나쁘게 또 소지품 검사에 걸린 적이 있었다.

가방 속에서 나타난 많은 감자와 양파를 보고 당연히 선생님은 이전 소지품 검사 때보다 더 화를 냈다.

"떡에 감자에 대체 넌 왜 학교에 오니?"

나 때문에 선생님께 야단맞는 난리를 보자 너무 미안해서 고개를 들 수 없었다. 그런데 난리는 씩 웃으며 이렇게 대답했다.

"아키히로가 감자랑 양파를 본 적이 없다고 해서 보여주려고 갖고 왔어요."

하지만 선생님이 그 말에 잠자코 물러설 리 없다.

"보여주고 싶으면 하나씩 갖고 오면 되잖아."

이번에는 할 말이 없겠다 싶었는데, 난리는 이렇게 대답했다.

"아키히로가 여러 종류의 감자와 양파를 보고 싶다고 했거든요. 그렇잖아요, 선생님, 감자도 양파도 다 생긴 게 제 각각인데 어떻게 하나만 달랑 갖고 와요."

장하다 난리! 역시 농가의 아들이다. 여기에는 선생님도 쓴웃음으로 납득하고 사태는 종료되었다.

또 하나 잊을 수 없는 것이 하시구치의 친절이다.

하시구치는 세탁소 집 아들이었다.

"야구부 주장이니까 번듯해야 하잖아!"

하시구치는 매주 토요일 밤에 세탁물 속에 살짝 내 유니폼을 끼워 넣었다. 그리고 일요일 저녁에 깨끗하게 세탁된 유니폼을 갖다 준다.

당시 현 내의 여학생들 사이에는 내 브로마이드까지 나돌 정도였는데 다 하시구치 덕분이라고 생각한다.

아무리 야구부 주장이라도 가난해서 늘 후줄근한 유니폼만 입었다면 여학생들도 상대해주지 않았을 것이다.

시험은 빵점, 글짓기는 백 점

나는 운동에는 만능이었지만 공부에는 자신이 없었다.

중학교에 들어가서 가장 싫었던 것이 시험 기간이었다.

중간, 기말로 나누어 집중적으로 시험만 보는 데다가 그때는 좋아하는 특별 활동도 전부 중단된다.

이렇게 되면 학교는 지옥으로 변한다.

집에 가서 공부하라는 건지, 그 날 따라 유난히 일찍 수업을 마친 시험 전날, 나는 할머니에게 우는 소리를 했다.

"할머니, 난 영어를 잘 모르겠어."

"그럼 답안지에 〈나는 일본인입니다〉 하고 쓰면 되지."

"그런가? 하긴 일본에 있으니까 영어 못해도 곤란할 건 없어."

"그럼, 그럼."

"근데 할머니, 난 한자도 잘 못써."

"〈나는 히라가나와 가타카나만으로도 잘 삽니다〉 하고 쓰면 되지."

"아, 그래. 히라가나만 알아도 생활하는 데 어려운 거 하나도 없어."

"그럼, 그럼."

"근데 난 역사도 잘 못해."

"역사도 못해?"

여기까지 오자 할머니도 어이없다는 표정을 지었디.

결국 공부하라는 잔소리를 듣겠구나 싶었는데 할머니는 조금 생각하더니 이렇게 말했다.

"답안지에 〈과거에 연연해하지 않습니다.〉 하고 쓰면 되지!"

역시 훌륭하다.

정말로 나는 시험 답안지에 그렇게 썼고, 그리고 그 결과는……

별이 보이도록 맞았다!

이런 환경이었으니 제대로 공부할 리가 없다.

아무튼 오랜만에 집에서 늦게까지 숙제라도 하려 치면 전기를 꺼버린다.

"그렇게 공부하면 버릇 돼!'

그런데 그런 나도 딱 한 번 초등학교 때 국어에서 1등을 한 적이 있었다.

어머니의 날에 쓴 글짓기가 백일장에서 상을 받은 것이다.

우리 엄마는 히로시마에서 일합니다.

그래서 나는 할머니와 둘이서 살고 있습니다.

엄마와 만날 수 있는 것은 일년에 한 번, 여름방학 때입니다.

겨울방학과 봄방학 때도 만나고 싶은데, 할머니한테 말했더니 여름방학 때만 기차가 다닌다고 했습니다.

친구 집에 놀러갔을 때, 엄마가 있으니까 좋겠다, 하고 생각했습니다.

얼마 전에 엄마가 너무 보고 싶어서 혼자 철도를 보러 갔습니다.

이 철도가 엄마가 있는 히로시마까지 이어져 있구나, 하고 생각했습니다.

나는 엄마를 생각합니다.

엄마도 나를 생각합니다.

내 생각과 엄마 생각은 사가와 히로시마 사이에서 만납니다.

엄마를 만날 수 있는 날이 빨리 왔으면 좋겠습니다.

나에게는 여름방학이 전부 어머니의 날입니다.

내가 봐도 정말 잘 쓴 글이다.

상을 받은 것은 좋았는데, 한 달 후 아버지의 날이 되었다.

이번에도 선생님은 〈아버지의 날〉에 대한 글짓기를 숙제로 내주었다.

앞에서도 말했지만 나는 아버지에 대한 기억이 전혀 없다.

"할머니, 난 아버지에 대해서 하나도 몰라."

하고 말했다.

그러자 할머니는 늘 하던 대로 말했다.

"그렇게 쓰면 되지."

어린 나는 원고지에 이렇게 커다랗게 써서 제출했다.

모릅니다.

글짓기 숙제 점수는……

백점이었다!

그런 이유로 두 번이나 글짓기에서 백점을 받았고, 그때 내 국어 성적은 반에서 1등이었다.

하지만 그것도 초등학교까지.

중학생이 되어서 시험 때문에 스트레스를 받게 된 나는 '그때가 좋았다'고 가끔 초등학교 때를 떠올렸다.

중학교 때 내 성적은 그리 좋은 편은 아니었다.

    체육…5

    수학…5

    사회…2

    국어…1

    영어…1

    과학…1

    기술가정…3

(지역에 따라 숫자, 알파벳 등 성적을 나타내는 것이 다르긴 하지만, 대개는 1~5까지의 다섯 단계로 학생들의 성적을 평가한다. 1이 가장 낮은 점수, 5가 가장 높은 점수다.)

대충 이 정도였다. 체육이 5인 것은 당연하고, 수학이 5인 것은 순전히 친구 덕분이었다.

당연히 나는 학원에 다닐 형편이 안 되었지만, 집이 부자여서 학원에 다녔던 가쓰키와 오노가 학원이 끝난 후 나에게 수학을 가르쳐주었다.

보는 사람에 따라서 이 성적에 대한 평가는 다를 터이다.

내가 할머니에게 성적표를 내보인다.

"1하고 2뿐이라서 미안해요."

그러면 할머니는 이렇게 말하며 웃어 보였다.

"미안하긴, 괜찮아. 더하면 5가 되는걸 뭐."

"성적표에 나와 있는 점수를 더해도 돼?"

내가 묻자 이번에는 진지한 얼굴로 말한다.

"사람이 살면서 하나만 잘해선 안 돼. 인생은 종합력이야."

하지만 그때는 그 의미를 이해할 수 없었다.

잊을 수 없는 선생님

학교라는 곳은 눈에 띄어서 좋은 점도 있지만, 나쁜 점도 많다. 야구부 주장이 된 나는 딱히 특별한 행동도 하지 않았는데 어떤 학생들은 나를 보기만 해도 소리를 지르며 좋아하고, 반대로 일부 학생들은 험담을 했다.

선생님도 예외는 아니다. 고맙도록 잘 해주는 선생님과 나를 눈의 가시처럼 대하는 선생님이 있었다.

야구부 고문인 다나카 선생님에게는 신세를 많이 졌다.

중학 생활 마지막의 현 대회가 있던 날이었다.

여름방학을 히로시마에서 엄마와 같이 보내는 것을 무엇보다 기대하고 있었던 나는 시합이 끝나면 바로 히로시마로 출발하려고 했다.

"아키히로, 올해도 히로시마에 가니?"

"네, 오늘 바로 떠날 거예요."

"그래? 좋겠다."

그 당시 히로시마는 사가 사람들에게는 대도시다.

이 무렵이 되면 엄마와 떨어져서 외롭겠다는 동정보다는 매년 히로시마에서 지내는 나를 부러운 눈으로 보았다.

다른 학교에서 치러진 시합이 끝나고 나는 다른 부원들보다 한발 앞서 학교 야구부실로 돌아왔다. 그런데 로커를 열자 히로시마 행 기차표와 현금 이천 엔이 보이지 않았다.

"선생님, 제 기차표와 돈 이천 엔이 없어졌어요!"

고문인 다나카 선생님에게 말하자 선생님은 나를 교무실까지 데리고 가서 지갑에서 오천 엔을 꺼내 주었다.

"이거 써라."

"네?"

"얼른 엄마 뵈러 가."

"하지만 선생님. 범인을 찾아야죠!"

바로 히로시마에 가고 싶은 마음은 굴뚝같았지만 선생님에게 신세를 질 수는 없었다. 범인을 찾아서 기차표와 현금을 돌려받아야만 한다고 생각했다.

그런데 다나카 선생님은 평소와는 다른 굳은 어투로, 하지만 침착하게 말했다.

"아키히로, 범인은 찾지 마라. 만약 찾았다고 하자, 그럼 그

애는 죄인이 되지 않겠니?'

이 말에 나는 그제야 선생님의 마음을 이해할 수 있었다.

부실의 문은 잠겨 있었다.

나는 히로시마에 돌아간다고 말했고, 들떠 있었다.

범인은 야구부원 가운데 하나일지도 모른다.

물론 그렇지 않을 가능성도 있고, 그렇지 않길 바란다.

그러나 여기에서 일을 크게 벌여 만약 충동적으로 그런 실수를 저지른 누군가를 찾게 된다면……. 결속력 강한 운동부이기 때문에 더더욱 그 학생은 더 이상 학교에 다닐 수 없게 될 지도 모른다.

다나카 선생님은, 범인은 찾지 말라고 여러 번 당부한 후 당시 선생님에게도 큰돈이었을 오천 엔을 내게 쥐어주었다.

다나카 선생님은 오천 엔보다 더욱 큰 것을 지키고 싶다고 생각한 것이다.

또 한 사람, 낚시를 좋아한 '규짱' 이라 불렸던 선생님이 있었다. 무엇 때문에 나를 타깃으로 했는지 모르지만 중학교에 입학했을 무렵부터 규짱은 나를 낚시 친구로 삼고 싶어 했다.

"어이, 아키히로. 내일 새벽 5시에 떠나니까 그렇게 알아라."

내 형편 같은 것은 상관없이 그렇게 일방적으로 통보했다.

다음날 아침 일찍 나는 선생님이 건넨 장대 열 개를 품에 안고 자전거 뒷좌석에 올라탔다. 혼자서는 이 장대를 갖고 갈 수 없기 때문에 규짱의 낚시에는 반드시 짝이 필요했던 것이다.

1시간 정도 해자에서 낚시한 후 집에 돌아와도 등교 시간에 늦지 않았다. 그 정도로 이른 아침에 선생님은 나를 자전거에 태우고 낚시를 다녔다.

그런데 이 선생님, 낚시 이외의 시간은 완전 호랑이 선생님이다.

어느 날 내가 친구의 자전거 뒤에 타고 학교를 나가려는데 서슬 퍼런 얼굴로 소리를 쳤다.

"야, 아키히로. 두 사람이 타는 건 안 되잖아!"

"하지만 선생님 낚시 갈 때는 둘이 탔잖아요."

"무, 무슨 소리야. 낚시 갈 때는…… 괜찮아."

개그 같은 이야기지만 실화다.

다나카 선생님과는 완전히 다른 타입인데 미워할 수 없는 귀여운 선생님이었다.

한편 나를 눈의 가시처럼 대했던 선생님은 영어 담당인 후쿠야마 선생님이었다.

"너, 많이 떠드니까 제일 앞으로 와!"

3학년이 되자마자 갑자기 그런 식으로 말을 들은 것이 계기였는데, 아무튼 나와 그 선생님은 안 맞아도 너무 안 맞았다.

후쿠야마 선생님은 학교 바로 옆에 살면서도 학생들에게 원거리통학이 아니면 인정이 되지 않는 자전거를 타고, 그것도 수업 시작종이 울리기 직전에 학교에 온다. 그런 점도 마음에 들지 않았다.

그리고 학교에 오기 직전까지 아침밥을 먹는지, 입가에 두부 같은 음식 찌꺼기를 붙인 채로 1교시 수업에 들어온다.

게다가, "Bank! Bank! 처음의 '브'는 파열음이야, 파열음! Bank!" 하면서 발음을 강조하기 때문에 입에 달라붙어 있던 음식 찌꺼기가 사정없이 튄다.

"더러워—!"

"뭐가 더러워!"

늘 이런 식의 대화가 반복되었다.

그런 어느 날, 사건이 터졌다.

"어? 이게 뭐지?"

운동장 청소를 하고 있을 때 도랑에서 발견한 실내화가 발단이었다.

그 실내화는 더러운 것이 잔뜩 묻어 있었는데 물로 씻자 거의 새 것 같았다. 아깝다는 생각에 내가 신기로 했다.

그런데 그 실내화는 누군가가 한 학생을 놀리려고 도랑에 버린 것이었다.

실내화를 잃어버렸다는 학생의 담임이었던 후쿠야마 선생님은 곧바로 나를 교무실로 불렀다.

"아키히로, 네가 훔쳤지?"

"도랑에 버려져 있었던 것을 주워서 신은 것뿐이에요."

"거짓말 마!"

"거짓말 아니에요!"

"네가 훔쳤지! 정직하게 말해!"

"그런데 나를 범인으로 하고 싶다면 마음대로 하세요!"

도둑 취급을 당해 머리까지 화가 치밀었던 나는 그렇게 소리치고 학교를 나왔다.

너무 억울해서 눈물이 났다.

그대로는 도저히 화가 풀리지 않았다.

나는 달리면서 어떤 복수를 떠올리고는, 그대로 후쿠야마 선생님 집까지 갔다.

그리고 문패를 떼어 있는 힘껏 집 앞 도랑에 내던졌다.

문패는 '후쿠야마' 라는 글씨를 위로 한 채 보기 좋게 꼬르륵 가라앉았다. 도랑에 내던진 것이 후쿠야마 선생님인 것 같아서 속이 시원했다.

그런데 다음날 아침, 선생님 집 앞을 지나가는데 새 문패가 걸려 있는 것이 아닌가.

"이런 젠장. 벌써 복수한 거야."

나는 주저 없이 그것도 도랑에 내던졌다.

문패는 다시 보기 좋게 도랑으로 골인.

"야, 저것 봐!"

"뭐야, 저거? 후쿠야마 선생님 문패잖아? 크크크크······."

뒤에 오던 학생들이 도랑에 떠 있는 문패를 보고 키득키득 웃었는데, 그게 기분 좋았다.

다음날 아침. 선생님 집의 대문 옆에는 또 새 문패가 걸려 있었다.

"으~ 질렸다, 질렸어."

나는 다시 문패를 내던지려고 했는데, 그런데 문패가 떨어지질 않았다. 자세히 보니 못으로 단단히 박아놓았다.

그때 창문이 벌컥 열리면서 후쿠야마 선생님이 얼굴을 내밀었다.

"아키히로, 네가 한 짓인 거 다 알아!"

부릅뜬 두 눈에, 정말이지 무시무시한 형상이었다.

이 사건으로 나와 후쿠야마 선생님은 더욱 더 험악한 사이가 되었다.

또 하나, 이것은 짓궂은 장난기로 생긴 이야기인데, 어느 날 운동장에서 야구 연습을 끝내고 공을 줍고 있던 나는 어두운 교실에서 사람 그림자가 어른대는 것을 보았다.

'누굴까?'

살짝 창을 들여다보니 불도 켜지 않은 교실에서 과학선생님과 음악선생님이 사이좋게 나란히 앉아 이야기하고 있었다.

음악선생님은 상당한 미인으로, 전부터 두 사람의 소문이 학생들 사이에 쫙 퍼져 있었다. 나는 증거를 잡으면 선생님들이 꼼짝 못할 거라고 생각했다.

과학 수업이 시작되기 전에 칠판에 남녀가 같이 우산을 쓰고 있는 것을 그린 다음 두 선생님의 이름을 써넣었다. 정중하게 빨간 분필로 하트 무늬도 그려놓았다.

수업 시작을 알리는 벨이 울리고 선생님이 교실로 들어왔다. 그리고 선생님은 당연히 맨 먼저 낙서가 되어 있는 칠판을 보았다.

다른 때 같으면,

"누가 낙서했어?"

하고 야단을 칠 텐데, 과학선생님은 뒤가 켕기는 구석이 있어서 하하하 하고 애써 소리 내어 웃었다.

"누가 이런 말도 안 되는 장난을 한 거야."

선생님은 침착한 어투와는 반대로 허둥지둥 낙서를 지웠다.

"자, 수업 시작하자."

아무 일도 없었던 것처럼 그렇게 말하는 과학선생님의 눈빛에는 동요의 기색이 역력했고, 얼굴에는 비지땀이 흐르고 있었다.

나는 선생님의 그런 모습이 너무 우스워서 장난에 대한 뉘우침도 없이 계속해서 칠판에 낙서를 했다.

칠판 하나 가득 남녀가 같이 쓰고 있는 우산을 그리고, 하트의 숫자를 늘여보기도 하고, LOVE라는 글자까지 써넣었다.

과학선생님은 그때마다 애써 웃음으로 얼버무리며 낙서를 지웠다.

그런 장난에도 슬슬 재미를 잃어가던 어느 날, 나는 더욱 좋은 아이디어를 생각해냈다.

수요일 방과 후였다. 다음날은 1교시가 과학 수업이었다.

나는 야구부 훈련 중, 다른 부원들에게 배팅 연습을 시키고 살짝 교실로 돌아가 칠판에 조각칼로 우산을 새겼다.

"이러면 절대로 지우지 못할걸."

만족스러웠던 나는 혼자서 계속 히쭉거렸다.

다음 날.

과학선생님이 교실로 들어오고, 역시 칠판의 낙서를 지우려고 지우개를 들었는데 아무리 문질러도 지워지지 않았다.

낙서는 지워지지 않고, 지우개를 문지르는 선생님의 팔 힘만 점점 강해졌다. 선생님이 당황할수록 키득거리던 학생들의 웃음소리가 커졌다.

그게 너무 우스워서 나는 배를 잡고 웃었다. 그런데 다음 순간, 교실 안은 찬물을 끼얹은 것처럼 조용해졌다.

"누구야! 이런 짓하고도 멀쩡할 줄 알아!"

분필이 아닌 조각칼로 새겨놓은 낙서라는 것을 안 선생님은 그 동안의 화가 한번에 폭발한 것이다.

"접니다, 잘못했습니다."

나는 솔직하게 사과하며 일어섰다.

찰싹!

갑자기 눈에서 불이 번쩍했다. 선생님이 따귀를 날린 것이다.

"아키히로, 역시 너구나. 이런 유치한 짓거리를 하는 게 부끄럽지도 않아? 저 칠판, 한두 푼 하는 게 아냐, 변상해야 할 거다."

따귀를 맞은 것보다 '변상'이라는 말에 나는 충격을 받았다. 확실히 약간 오버했던 것 같다. 조각칼로 판 우산의 넓이가 워낙 넓어서 그대로는 사용할 수 없을 것 같았다.

집에 돌아오자 나는 할머니에게 조심스럽게 사건의 전말을 고백했다.

"그래서?"

"변상하래."

"뭐라고!"

"미안해, 할머니."

"대체 무슨 생각으로 그런 짓을 한 거야!"

"정말 미안해."

그때 나는 진심으로 내가 한 짓을 후회했다.

할머니는 한동안 잠자코 있다가 이렇게 말했다.

"이미 쏟아진 물이니 어쩔 수 없지. 내일 학교에 가서 변상

한다고 해. 그런데 네가 못 쓰게 만든 그 칠판은 집으로 갖고
와라."

"응?"

"우리가 새 것을 사다 거는 거니까 헌 것은 당연히 우리가
가져야지."

"하지만……."

"갖고 오라면 갖고 와!"

늘 그렇듯이 할머니는 일단 말하면 그것으로 끝이다.

주문한 새 칠판이 도착한 날, 나는 하는 수 없이 후배들과
함께 헌 칠판을 집까지 메고 왔다.

크기가 크기인지라 열네댓 명이 낑낑대며 메고 왔다.

"됐어, 고맙다. 그쪽에 세워 놔. 아니, 아니, 거기가 아니라
이쪽에 놔줘."

할머니의 지시에 따라서 우리는 우리 집과 옆집 사이에 있
는 담에 칠판을 세워두었다.

다음 날이었다.

할머니는 내게 학교에서 쓰다 남은 몽당 분필을 가져오라고
했다. 그리고는 칠판을 메모판으로 활용하기 시작했다.

학교에서 집에 오면, 나에게 전달할 메모가 칠판에 쓰여
있다.

〈아키히로에게. ㅇ시에 돌아오마. 할머니〉

〈아키히로에게. 간장 ○ 되 사다주렴. 할머니〉 등등.

그런데 어느 날 집에 돌아와 보니 이렇게 쓰여 있었다.

〈아키히로에게. 열쇠는 현관 옆 화분 안에 있다. 할머니〉

아무리 그래도 열쇠 있는 곳까지 써놓다니 나는 할머니에게 한 마디 해놓아야겠다고 생각했다.

"할머니, 열쇠 있는 곳까지 칠판에 쓰면 어떡해. 위험하잖아."

"무슨 소리냐. '이런 친절한 사람 집에 들어가도 될까', '아니, 여기에는 뭔가 함정이 있을 거야' 도둑도 그렇게 고민하시 않겠니? 할머니는 도둑에 마음을 달리 먹을 기회를 준 거야. 게다가 만약 집 안에 들어가도 훔칠 것이 뭐가 있겠니. 아마 너무 없으니까 불쌍해서 보태주고 갈게다."

학교에서 연애를 했던 선생님이나 그것을 핑계 삼아 짓궂은 장난을 했던 나도 대단하지만, 역시 할머니를 당할 사람은 아무도 없다.

할머니는 유명 인사

야구부 주장인 나는 상대도 안 될 정도로 할머니는 사가에서는 유명한 사람이었다.

청소부로 일하면서 여자 혼자서 일곱 아이들을 키워냈고, 예순을 넘긴 나이에도 손자를 맡아 키우는 또순이. 그것이 할머니에 대한 주위 사람들의 평가였다.

지금 생각하면 그렇게 할머니를 인정해주고, 응원해주는 이웃들이 있었기 때문에 엄마 형제나 내가 무사히 자랄 수 있었던 것이 아닐까 싶다.

아무리 강에서 떠내려 오는 것으로 반찬거리를 해결했다고는 하지만 그 슈퍼마켓에도 없는 것이 있다.

소고기나 소시지 같은 것은 처음부터 아예 먹을 생각도 하지 않았지만 당연히 강에서 떠내려 오는 일도 없다. 그런데 할머니가 돈을 주고 사는 반찬거리가 세상에 딱 하나 있었다.

바로 두부였다.

왜 두부인가 하면, 아저씨가 깨진 두부를 반값인 5엔에 주기 때문이다.

당시 두부는 지금처럼 플라스틱 용기에 담겨 가게에 진열되어 있지 않고, 저녁때가 되면 두부 장수 아저씨가 자전거를 타고 나팔을 불며 두부를 팔러 왔다.

자전거 짐칸에 두부 상자가 동여매어져 있는데, 아무리 물에 두부가 잠겨 있어도 자전거에 흔들리다 보면 깨진 두부가 생기게 마련이다.

뿌ㅡ 뿌ㅡ.

그 날도 여느 때처럼 두부 장수의 나팔 소리가 들렸다.

"아키히로, 가서 사오렴."

닭에게 모이를 주고 있던 할머니는 내게 오 엔짜리 동전을 주며 말했다.

"응. 아저씨, 두부 주세요!"

나는 동전을 손에 쥐고 단골 두부 장수 아저씨가 있는 곳으로 뛰어갔는데, 마침 아저씨는 내 앞에 온 손님에게서 돈을 받고 있던 중이었다.

"여기요. 두 모니까 이십 엔 맞죠?"

"매번 고맙습니다."

아저씨와 손님의 대화를 들으면서 짐칸에 매여 있는 상자 안을 들여다보니 그날따라 깨진 두부는 한 모도 없었다.

"할머니, 안 되겠어! 오늘은 깨진 게 없는 것 같아!"

내가 말하면서 집으로 돌아가려 하자 아저씨가 나를 불러 세웠다.

"아니, 아니, 깨진 거 있어!"

"네? 그런데……."

내가 몸을 돌리는 것과 거의 동시에 아저씨는 상자 안에 손을 넣더니 두부를 으깼다.

"여기 있잖아. 자, 오 엔이다."

아저씨는 눈을 찡끗해 보이며 고개를 끄덕였다.

그 모습에서 나는 아저씨가 깨진 두부가 없는 날은 늘 그렇게 해서 주었다는 것을 알 수 있었다.

어떻게 해야 좋을지 몰라 망설였는데, 씩 웃으며 고개를 끄덕여주는 아저씨의 친절을 나는 기쁜 마음으로 받기로 했다.

내가 이 이야기를 할머니에게 한 것은 한참 시간이 지난 후였다.

그리고 이런 일도 있었다.

지금은 수도나 전기 같은 공공요금은 편의점에서 내기도 하고, 금융기관을 통해 자동이체도 하지만 그 당시에는 매달 수도요금을 받으러 집으로 사람이 왔다.

그때 우리 집에 왔던 수도 아저씨는 인상이 서글서글한 사람이었다.

"도쿠나가 씨, 수도세가 석 달치나 밀렸습니다."

그 아저씨는 상당히 비참한 내용을 알렸다.

그러자 할머니는 약간 난처한 표정을 지었는데, 주위를 어슬렁대는 나를 보더니 이렇게 말했다.

"아키히로, 너 최근 두세 달 동안 물 마신 적 없지?"

그러면서 할머니는 시치미를 뚝 뗐다.

'어떻게 그럴 수 있어.' 하고 말하고 싶었지만 나는 고개를 끄덕일 수밖에 없었다.

그런데 아저씨는 할머니와 나의 이런 대화에 크게 소리 내어 웃었다.

"그래요? 그럼 내달에 다시 오죠."

아저씨는 이렇게 말하고는 돌아갔다.

아저씨가 간 후 나는 할머니에게 따졌다.

"난 도마뱀이 아냐!"

그러자 할머니는 배를 잡고 눈물까지 흘리면서 웃었다.

또 한 번은 내가 자전거를 타다가 넘어져서 눈을 다친 적이 있었다.

자전거를 탄 채 공원 울타리를 잡으려고 손을 뻗은 순간 균형을 잃고 넘어진 것이다.

"아앗!"

핸들에 세게 왼쪽 눈을 맞았는데 대단치 않다고 생각해서 그냥 두었다.

그런데 다음날이 되어도, 그 다음날이 되어도 통증이 가라앉기는커녕 더욱 심해졌다.

사흘 째 되는 날엔 더 이상 참을 수 없어서 나는 방과 후 혼자서 병원을 찾아갔다.

돈은 없었지만 나중에 내면 될 거라고 생각했다.

아무튼 참을 수 없을 정도로 아팠다.

"언제 다쳤지?"

내 눈을 진찰한 후 선생님은 심각한 얼굴로 물었다.

"사흘 전요."

"왜 바로 오지 않았니?"

"괜찮을 것 같아서……."

"사흘 더 늦게 왔으면 실명했을지도 모른다."

"네?"

실명이라는 말에 충격을 받았다.

눈은 중요하니까 무슨 일이 있으면 앞으로는 절대 미루지 말고 바로 오라고 하면서 선생님은 치료를 해주었다.

치료가 끝난 후 진통제를 받고, 접수 테이블에 있는 간호사에게 말했다.

"죄송합니다. 학교 끝나고 바로 오는 바람에 돈이 없어요. 나중에 갖다 드릴게요."

간호사는 약간 난처한 표정을 짓더니, 잠깐 기다리라는 말과 함께 진료실 안으로 들어갔다.

잠시 후 조금 전 치료를 해주었던 의사 선생님이 나왔다.

"저……, 집에 가서 금방 가져올게요."

횡설수설하는 나에게 선생님은 웃으며 말했다.

"치료비는 됐다."

"네?"

"어머니도 할머님도 열심히 일하시는데, 치료비는 됐어."

"하지만……."

"그보다 여기까지 걸어왔을 텐데, 비스 다고 가기라."

놀랍게도 선생님은 내게 버스비까지 주었다.

"나중에 할머니께 받으면 되니까, 어서 갖고 가."

정말 받아도 될지 망설였지만 여전히 눈이 욱신욱신 쑤셨기 때문에 나는 감사하다는 인사를 하고 버스비를 받아 집에 돌아왔다.

"선생님이 치료비는 됐대. 그래도 버스비는 갚아야겠지?"

할머니에게 말했다.

"아니, 그 선생님 대체 무슨 말이야. 치료비도 버스비도 다 갚아야지."

할머니는 화가 난 듯이 지갑을 들고 밖으로 나갔다.

하지만 선생님은 결국 치료비도 버스비도 받지 않았다.

이렇게 쓰고 보니 할머니가 사람들한테 신세만 진 것 같은데, 할머니도 자기보다 형편이 어려운 사람이 있으면 그냥 지나치질 못하는 사람이었다.

"안에 계세요?"

할머니의 사촌이라는 사부로 아저씨는 집에 올 때 늘 커다란 보자기 꾸러미를 들고 왔다.

그리고 그 커다란 보자기를 펴 보이면서 말했다.

"오늘 다 만들어서 갖고 가는 거예요. 월말에는 만 엔을 받을 수 있어요."

사부로 아저씨는 양복 재봉일을 하고 있었는데, 일을 마쳐도 돈은 월말이 되어야 받을 수 있는 모양이었다.

그리고 다음에 사부로 아저씨가 말하는 대사는 늘 정해져 있었다.

"월말에 갚을 테니까 오천 엔만 꿔 주세요."

처음 들었을 때 나는 내 귀를 의심했다.

이 집에 돈을 빌리러 오는 사람이 있다니!

상당한 강심장이거나, 정말 형편이 어렵거나 둘 중 하나일 것이다.

사부로 아저씨는 아마 후자였던 것 같은데, 할머니는 그 부탁을 한 번도 거절한 적이 없었다.

기다란 궤 뚜껑을 턱 하고 열더니 아무렇지도 않게 오천 엔을 꺼냈다.

"형편 되는 대로 줘."

우리 집 형편을 생각하면 '하루라도 빨리'라고 해야 할 텐데, 진짜 구두쇠인지 아니면 마음이 후한 것인지 아무리 생각해도 알 수 없는 할머니였다.

우동과 굴과 첫사랑

"저기, 제가 잘못 주문해서 그런데 이거 먹을래요?"

그 사람은 내게 뜨거운 김이 나는 우동 그릇을 내밀며 그렇게 말했다.

장소는 학교 근처 식당.

부근 학생들의 아지트로, 우리 야구부도 연습 후 그곳에 몰려가는 것이 일과가 되었다.

내가 야구부 주장이 된 중학교 2학년 가을이었다.

식욕이 증가하는 계절이다.

"네? 그래도 돼요? 잘 먹을게요."

나는 고맙게 그것을 받아먹었다.

며칠 전부터 갑자기 날이 추워졌는데, 그 따뜻한 우동 한 그릇은 나의 마음까지 따뜻하게 해주었다.

게다가 그 우동을 준 것은 한눈에도 알 수 있는 미소녀였다.

요시나가 사유리(일본의 유명 여배우)를 닮은 청초한 그 소녀는 근처에 있는 사립 고등학교의 농구부원이었다.

우리 야구부원들은 연상의 그녀에게 반해서 요시나가라고 부르며 마돈나를 보는 듯한 동경의 눈빛으로 그녀를 보게 되었다.

그런데 그 요시나가가 그때뿐만 아니라 만날 때마다 내게 무언가를 사주는 것이다.

그것도 처음 그랬을 때처럼 '잘못 주문했다', '주문을 했는데 먹다 보니 배가 부르다', '배가 아파서 그렇다' 하고 이유를 붙여서는 '먹어주세요' 하고 내미는 것이다.

그러다 보니 야구부원들은 요시나가가 나를 좋아하는 것이 분명하다며 부러워했다.

사실 나는 돈이 없어서 부원들이 '우동 곱빼기와 빙수' 또는 '우동 곱빼기와 따뜻한 우유'를 시켜 먹는 옆에서 빙수만 홀짝홀짝 퍼먹곤 했다.

모두의 예상은 그런 내게 애정을 갖고 있는 요시나가가 분명 일부러 먹을 것을 사주는 것이 분명하다는 것이었다.

그때까지 야구밖에 몰랐던 나였지만 마돈나라 불릴 정도로 예쁜 요시나가가 호감을 갖는 것이 싫지는 않았다.

점점 요시나가에게 관심을 갖게 된 나는 '나도 요시나가에게 뭔가 해줘야 한다'는 생각을 갖게 되었다.

그러나 내게는 우동을 사먹을 돈도 없다.

대체 어떻게 하면 좋을까.

매일 그 생각만 하던 중에 계절이 바뀌어 겨울이 되었다.

그 날도 요시나가에게 무얼 해줘야 할지 고민하면서 걷고 있던 내 눈에 들어온 것이 있었다. 나무의 가지가 휠 정도로 주렁주렁 매달려 있는 귤이었다.

커다란 집에 역시 커다란 귤나무가 여러 그루 있었고, 그곳에 몇백 개나 되는 귤들이 매달려 있었다.

"저거다!"

신의 뜻이라고 생각한 나는 친한 야구부원 두 명과 함께 어두운 밤을 이용해 그 집의 담을 넘어 귤 서리를 했다.

집으로 갖고 온 봉투 안에서 하나를 꺼내 껍질을 벗기니 새콤한 귤 향기가 방 안에 퍼졌다.

"오~, 첫 사랑의 향기!"

입에 넣고 한번 씹으니 새콤달콤한 귤 과즙이 입 안에 확 퍼졌다.

"이거라면 분명 요시나가도 좋아할 거야!"

들뜬 마음으로 빨리 다음날이 오기만을 기다렸다.

평소와는 달리 길게만 느껴지던 연습이 끝나고 부원들과 함께 그 식당으로 몰려갔다.

그런데 요시나가는 보이지 않았다.

전날 같이 귤 서리를 했던 후배가 귤이 든 봉투를 툭 치면서 놀렸다.

"아니, 선배님, 이게 뭡니까?"

"시끄러워! 아무 것도 아냐!"

별 생각 없이 물은 후배에게 겸연쩍기도 했던 나는 그만 벌컥 화를 냈고 가엾게도 후배는 풀이 죽어버렸다.

그럭저럭 하는 사이에 시간이 지나갔다.

"요시나가, 오늘 안 오는 것 아닐까?"

늘 그렇듯이 모두가 우동을 먹고 있는 옆에서 나는 따뜻한 우유를 홀짝홀짝 마시며 이 귤을 어떻게 할까 하고 생각하고 있는데, 드르륵 하고 식당 문이 열리면서 여학생들이 우르르 들어왔다.

요시나가와 그 학교의 농구부원들이었다.

부원들의 놀림을 받으면서 나는 귤이 든 봉투를 들고 요시나가에게로 갔다.

"저기……이거, 별 것 아닌데 먹으세요."

"뭐예요?"

"우리 집에서 딴 귤이에요."

"어머, 고마워요. 나, 귤 정말 좋아하는데."

"어? 정말요?"

"네, 정말 좋아해요."

"그럼 내가 내일도 갖다 줄게요."

그 날 밤도 그 다음날 밤도 나는 그 집에 숨어들어 귤 서리를 해서 요시나가에게 갖다 주었다.

"고마워요."

"천만에요."

"이렇게 매일 받아도 될지 모르겠어요."

귤을 갖다 줄 때마다 나는 나와 요시나가의 사이가 가까워
지는 것 같았다.

귤 서리 친구들에게 '잘만 되면 평생 은인으로 모시겠다' 고
은근히 협박하면서 나는 사오 일 간 연속해서 귤 서리를 했다.

그런데 어느 날 저녁 무렵, 날이 어두워지면 또 와야지, 하
고 생각하면서 그 집 앞을 지나는데 담 너머에서 귀에 익은 웃
음소리가 들렸다.

"꺄아— 비키, 그만 해. 엄마—, 비키 좀 봐!'

조심스럽게 담 너머로 마당 안을 들여다보니, 마당에서 하
얀 개와 장난을 치며 집을 향해 엄마를 부르는 것은, 다름 아
닌 요시나가였다.

한 장의 그림 같은 아름다운 광경은, 내 첫사랑의 종말을 말
하고 있었다.

나는 요시나가의 집에서 귤을 서리해서 그녀에게 갖다 준
것이다.

요시나가는 알고 있었을까?

아니, 모른다고 해도 창피해서 더 이상 요시나가를 볼 수 없
었다.

그 후 나는 주장의 위엄을 내세워 야구부의 아지트를 다른 식당으로 옮겼다.

그때 나와 함께 서리했던 친구들이 부디 그 일을 잊어주었으면 좋겠는데, 아마도 그들은 다른 의미에서 그 일을 평생 잊지 못할 것이다.

마지막 운동회

사가에서의 여덟 번째 운동회 날이 다가왔다.

'중학교를 졸업하면 꼭 엄마랑 같이 살겠다.' 고 마음먹고 있던 내게 있어 이번 운동회는 사가에서의 마지막 운동회가 되는 셈이었다.

〈이번에는 꼭 운동회에 와주세요.〉

중학교에 올라가서도 나는 매년 엄마에게 편지를 보냈다.

그 해도 역시 반은 포기하고 편지를 써서 보냈는데 뜻밖의 답장이 왔다.

〈올해는 운동회에 꼭 갈게. 벌써부터 기대되는구나.〉

맨 처음 편지를 읽었을 때는 뭐가 잘못된 것이 아닐까 하는 생각이 들었다.

여러 번 그런 꿈을 꾸었기 때문에 이번에도 꿈이 아닐까 싶어서 볼을 꼬집어보기도 했다.

하지만 진짜였다.

엄마는 할머니에게도 운동회에 맞춰 사가에 오겠다는 편지를 보냈다.

'엄마가 운동회에 온다.'

그렇게 생각하니 너무 기뻐서 학교 안을 깡충깡충 뛰어다니고 싶었다.

다음날 아침, 나는 편지를 가방에 넣고 학교에 갔다.

1교시는 윤리였는데 당연히 그것과 상관없이 나는 책상 위에 꽃무늬 편지지를 펴놓았다.

"아키히로, 그게 뭐니?"

"엄마가 보낸 편지입니다."

"그래?"

선생님은 관심을 보이며 편지를 들여다보았다.

"아니, 아니? 운동회에 꼭 갈게……."

"에이, 됐어요. 선생님 읽지 마세요."

그제야 나는 성가시다는 듯이 편지를 감춘다.

그렇게 매 시간 편지를 책상 위에 올려놓고, 감추기를 반복했다.

크레파스와 스파이크 슈즈처럼 모두에게 보란 듯이 자랑하고 싶은 기분도 있었지만, '좋겠다, 아키히로' 하는 말을 듣고 싶었다. 그리고 그런 말을 듣는 것으로 정말로 엄마가 온다는 기쁨을 몇 번이고 음미하고 싶었다.

중학교 운동회의 메인 이벤트는 마라톤이다.

남학생 코스는 교문을 나가 해자를 따라서 성 안을 통과한 후 다시 학교로 돌아오는 약 7킬로미터의 꽤 긴 거리였다.

하지만 매일 열심히 야구 연습을 하는 나에게는 그리 대단한 것도 아니었다. 실제로 나는 2학년 때도 마라톤에서 우승했다.

그러나 올해는 무슨 일이 있어도 우승해야 한다고 생각하니 조금 부담스러웠다.

내게는 드문 일이었지만, 운동회가 다가올수록 감기에 걸려 마라톤을 하지 못하는 것이 아닐까, 배탈이 나지 않을까 하는 망상까지 하게 되었다. 하지만 나는 감기도 걸리지 않았고, 배탈도 나지 않았다.

그런데 그것보다 더욱 심각한 일이 일어났다.

운동회 전날 도착하기로 했던 엄마가 아무리 기다려도 오지 않았던 것이다.

"일 얼른 끝내고 기차를 탄다고 했는데, 늦어서 못 탔나 보다. 내일 아침에는 분명히 올 테니까 걱정 말고 어서 자거라."

할머니의 말에 자리에 누웠지만 잠이 오지 않았다.

이리저리 뒤척이다가 깜빡 잠이 들었는지 엄마가 온 꿈을 꾸었다. 하지만 그것이 꿈이라는 것을 알고는 더욱 실망했다.

또 이리저리 뒤척이다가 이번에는 엄마 없이 운동회가 끝나 버리는 꿈을 꿨다. 이번에는 꿈이라는 것을 알고는 가슴을 쓸어 내렸다.

그렇게 잠을 설치는 사이에 날이 밝았다.

할머니는 일하러 나가고, 나는 둑에 서서 엄마가 오기를 기다렸다.

아침에 히로시마를 떠나서 그렇게 빠른 시간에 도착할 기차가 있을 리 없었지만 가만히 누워 있을 수가 없었다.

등교시간이 다 되도록 엄마는 오지 않았다. 내 가슴은 불안으로 가득했지만 그래도 포기힐 수 없었다.

〈운동회에 꼭 갈게.〉

엄마는 분명 편지에 그렇게 썼다. 나는 엄마가 와줄 것이라고 믿었다.

운동회가 시작되어서도 나는 엄마를 찾아 학부형 석을 두리번댔다.

이윽고 오후가 되어 마라톤 차례가 되었다.

스타트 라인에 서서도 나는 사람들 속에서 엄마를 찾았다.

하지만 엄마는 어디에도 없었다.

마침내 마지막 마라톤 대회가 시작되었다.

나는 내 페이스대로 천천히 달려 나갔다.

야구부의 다나카 선생님이 오토바이로 우리를 선두에서 이

끌었다.

10분, 20분, 시간이 지나자 조금씩 숨이 가빠졌다.

동시에 뒤쪽 그룹과 나 사이의 거리가 꽤 벌어졌다.

마라톤 대회는 그 지역에서도 무척 유명해서 학부형들뿐만 아니라 일반인들도 길가에서 우리가 뛰는 것을 지켜보았다.

"잘 뛴다, 저 애."

"어, 정말 잘 뛰는데."

그런 소리가 들렸다.

내 뒤를 쫓는 한 명을 제외하곤 다른 학생들과는 상당한 차이가 나는 것 같았다.

나는 무조건 앞으로 뛰는 것만 생각했다.

그렇게 하지 않으면 엄마 생각이 나서 달리는 데 방해가 될 것 같았다.

내 심장이 빠르게 뛰었다.

이 마라톤 코스는 할머니 집 앞을 지나게 되어 있었다.

이제 곧 집 앞이다.

쿵쿵, 쿵쿵, 심장이 터질 것 같았다.

빨리 집 앞을 지나고 싶다. 분명 엄마가 와 있을 것이다.

아니, 그곳을 지나고 싶지 않다. 실망하고 싶지 않다.

그런 기분이 교차했다.

이제 곧 집 앞, 나는 앞을 보는 것이 두려워 고개를 숙였다.

나는 발 아래만 보면서 묵묵히 달렸다.

"아키히로, 힘내!"

그때 내 귀에 엄마의 목소리가 들렸다.

여태껏 한 번도 들은 적이 없는 큰 소리였다.

고개를 들자, 집 앞에서 열심히 소리를 지르며 손을 흔드는 것은, 분명 엄마였다.

"아키히로! 힘내!"

그 옆에서 할머니도 웃으며 손을 흔들었다.

나는 다시 고개를 숙였다.

집이 가까워질수록 어떻게 해야 좋을지 알 수 없었다.

씩 웃으며 손을 흔드는, 드라마 속 주인공 같은 연기는 도저히 할 수 없었다.

"아키히로, 어머니가 보시잖니. 고개 들고 당당히 달려."

오토바이를 탄 다나카 선생님이 내게 말했다.

나는 고개를 들고 정면을 보며 달렸다.

드디어 집 앞을 통과하게 되었다.

"아키히로, 아키히로, 힘내!"

엄마는 계속 손을 흔들었다.

나는 엄마를 향해 소리쳤다.

"엄마~, 걱정 마! 공부는 못해도 달리기는 잘해!"

엄마도 목멘 소리로 대답했다.

"다리는 엄마를 닮았고, 머리는 아빠를 닮아서 그래!"

집 앞을 지나 얼마 정도 달리자 소리 죽여 우는 소리가 들렸다. 소리 나는 쪽을 보니 다나카 선생님이 울고 있었다.

오토바이로 선두를 이끌면서

"흑, 흑."

소리를 죽여 울고 있었다.

"아키히로, 어머니가 오셔서 잘 됐어."

다나카 선생님의 구릿빛 얼굴이 땀과 눈물로 범벅이 되었다. 나는 목에 두르고 있던 수건을 선생님에게 내밀었다.

눈물을 닦는 다나카 선생님을 보니 내 뺨에도 뜨거운 것이 주룩 흘렀다.

"너도 닦아."

선생님이 울다가 웃으며 내게 수건을 다시 주었다.

"선생님이 닦아주세요."

"녀석, 네가 닦아."

"선생님이 닦아주세요."

"네가 닦으라니까."

그렇게 몇 번인가 수건을 주거니 받거니 한 후 선생님은 말했다.

"둘이 울고 있을 때가 아냐, 더 스피드를 올려."

그러더니 내게 수건을 던졌다.

나는 수건으로 눈물을 닦고 다시 달리는 것에만 집중했다.

앞으로, 앞으로.

그 누구보다 빠르게 앞으로, 앞으로.

엄마가 응원해 주고 있으니까 더 빠르게 앞으로.

결국 나는 2위와 200미터나 차이를 만들면서 1등으로 골인했다.

개교 이래 가장 빠른 기록이었다고 한다.

눈물의 수학여행

　여름의 현 대회를 마지막으로 3학년인 우리는 중학교에서의 야구부 활동을 마감했다.

　그렇지만 야구만 했던 우리가 고등학교 입시 공부에 전념할 리 없었다. 한 곳에 삼삼오오 모여서는 여전히 시시한 이야기로 꽃을 피웠다.

　화제의 중심은 수학여행.

　뭐니 뭐니 해도 중학 생활 마지막의 대 이벤트다.

　우리는 행선지에 대한 정보를 나누며 한껏 들떠 있었다.

　그런데 구보만 시무룩한 얼굴로 이야기에 끼지 않았다.

　"구보, 무슨 일 있어?"

　"응?"

　"너도 수학여행 가서 어떻게 놀지 아이디어를 짜야지."

"응⋯⋯."

"왜 그래? 너 무슨 일 있지?"

"나, 수학여행 못 가."

구보는 마음먹은 듯, 그렇게 잘라 말했다.

"무슨 말이야?"

"왜 못 가?"

일제히 구보를 다그쳤지만, 왜 못 가는지 구보는 그 이상 자세한 이야기를 하지 않았다.

구보는 워낙 말수가 적은 녀석이었지만 그렇게 고집을 부리는 것도 드문 일이었다.

구보의 그런 태도가 계속 신경 쓰였던 나는 다음날, 아이들이 거의 오지 않는 씨름장 뒤로 구보를 불러 사정을 물었다.

"수학여행, 왜 못 간다는 거야? 1학년 때부터 수학여행비로 쓰려고 적금 들었잖아."

"⋯⋯."

"모두 가니까 너도 같이 가자."

"⋯⋯."

"무슨 사정이 있는 거야?"

"⋯⋯."

"우린 3년 동안 같이 운동장을 뛰었던 친구잖아. 무슨 일이야?"

"엄마가⋯⋯."

"뭐?"

구보는 기어 들어가는 목소리로 말했다.

"엄마가 입원했어. 그래서 돈이 필요해서 적금 든 거 깼어."

"……."

이번에는 내가 입을 다물 차례였다.

매일 같이 지내면서도 구보의 어머니가 병이 나서 입원한 것도 몰랐다.

"아키히로, 우리 엄마 얘기 아무한테도 하지 마."

구보는 내 눈을 보며 그렇게 말했다.

"……알았어."

나는 아무에게도 말하지 않겠다고 구보에게 약속했다.

아무리 친한 사이라도 집안 사정을 시시콜콜 말하는 것은 창피하다.

우린 한창 그런 것에 예민한 시기였던 것이다.

나도 가난했기 때문에 구보의 기분을 충분히 이해할 수 있었다.

하지만 나는 포기할 수 없었다.

3년 동안 같이 뛰었던 야구부원 모두와 함께 수학여행을 떠나고 싶었다.

그래서 부원들을 소집했다.

"있잖아, 자세한 사정을 모르겠는데, 구보, 적금을 들지 못한 것 같아."

"뭐?"

"그래서 말인데, 우리가 아르바이트를 해서 구보의 여행비를 만들어줄까?"

"좋아, 우리가 구보를 여행에 데려 가자!"

내 제안에 친구들은 찬성해주었고, 우리는 각자 아르바이트를 시작했다.

나는 동네 술집에서 배달과 짐 옮기는 일을 했다.

미즈키는 야채 가게에서 일하고, 오카다는 부잣집의 마당 청소를 그리고 이노우에는 신문배달을 했다.

그 외에도 빈 병과 폐지 모으기 등, 더위 속에서 우리는 구보를 위해 열심히 일했다.

그 결과, 한 사람 한 사람의 벌이는 시원치 않았지만, 번 돈을 전부 합치자 목표 금액인 2만 엔을 달성할 수 있었다.

우리는 힘을 합해 해낸 것에 만족했다.

"구보 녀석, 눈물 흘리면서 좋아할 거야."

그런 이야기를 하면서 서둘러 구보를 불러 2만 엔이 든 봉투를 내밀었다.

"이거 써."

"뭐야?"

"우리가 아르바이트했어. 2만 엔이야. 이걸로 같이 수학여행 가자."

그런데 구보의 태도는 우리의 예상과는 전혀 달랐다.

"받을 수 없어."

놀라서 얼굴빛을 바꾸는 구보의 말에 그때까지 들떠 있던 우리는 완전히 한방 먹은 기분이었다.

"왜?"

"같이 수학여행 가자!"

"우리가 힘들게 아르바이트했는데……."

아무리 설득을 해도 꿈쩍 않던 구보가 결국 봉투를 받았다.

"알았어, 맡아 둘게."

구보는 짧게 말하고는 봉투를 주머니에 넣었다.

"됐어, 구보!"

"이것으로 전원 OK!"

"우리 야구부는 끝까지 함께 한다!"

우리는 환성을 질렀다.

집으로 돌아가면서도 우리는 잔뜩 들떠 있었다.

수학여행을 떠나는 날 아침, 구보는 결국 오지 않았다.

"구보 어떻게 된 걸까?"

"돈만 챙긴 거야."

즐거운 수학여행 중간, 누군가가 그렇게 말하며 구보를 욕했다.

우리는 사가에 돌아가 제일 먼저 구보를 야구부실로 부르기로 했다.

약속 시간보다 먼저 야구부실에 도착해보니 구보는 벌써 와 있었다.

나는 구보의 얼굴을 보자마자 머리로 피가 솟았다.

뜨거운 더위 속에서 열심히 일했던 우리가 바보 같았다.

그런 생각이 들자 더 이상 참을 수 없었다.

"구보! 너 왜 안 왔어, 모두 힘들게 일해서 모은 돈을 꿀꺽한 거야?"

이성을 잃은 채 구보의 멱살을 잡으려 한 순간, 구보가 앉아 있던 의자가 기우뚱하면서 구보가 바닥으로 넘어졌다.

"무슨 말이라도 해 봐. 다 써버린 거야?"

심하게 퍼붓는 내 기세에 눌려 눈을 동그랗게 뜨면서도 구보는 똑바로 말했다.

"……아냐."

"아니라고?"

"수학여행에는 처음부터 가지 않을 생각이었어. 그 돈으론, 이거 샀어. 후배들에게 남겨주려고."

바닥에서 일어난 구보가 커다란 종이봉투를 꺼냈다. 캐처 미트와 배트, 그리고 공이 든 박스 세 개였다.

눈이 아플 정도로 번쩍거리는 도구를 본 순간 나는 생각이 났다.

구보가 수학여행을 가겠다고는 말하지 않았음을.

반강제로 돈을 받은 구보는,

"맡아둘게."

라고 말했다.

그때부터 구보는 마음먹었던 것이 분명하다.

"미안해, 구보, 정말 미안해."

나는 태어나 처음으로 바닥에 무릎을 꿇었다.

딱히 무릎까지 꿇으면서 사과해야 한다고 생각한 것은 아니지만 진심으로 구보에게 미안하다는 말을 하고 싶었다.

부원들도 모두 같은 기분이었을 것이다.

울면서 머리를 숙였다.

"미안해, 미안해."

"됐어, 그만해, 얼른 일어나."

구보는 내 어깨를 잡고 일어나라고 말했다.

구보의 웃는 얼굴을 보면서 나는 언젠가 할머니가 했던 말을 떠올렸다.

"진짜 친절은 남이 모르게 하는 거야."

우리는 과연 어땠을까.

구보가 부탁한 것도 아닌데 멋대로 아르바이트를 하고, 싫다는 구보에게 돈을 쥐어주고, 여행에 오지 않았다며 화를 내고 욕했다.

구보에 대한 우리의 행동은 친절도 뭐도 아니었다. 우리는 우리의 만족을 위해 구보에게 친절을 강요했던 것이다.

나는 주장의 위엄도 잊은 채 소리 내어 울었다.

자신의 어리석음을 한탄했다.

"됐어, 그만 해."

구보는 울고 있는 우리에게 부드럽게 말했다.

안녕, 할머니

겨울 한가운데로 들어설 무렵, 나에게 매우 기쁜 소식이 전해졌다.

히로시마의 고료 고등학교에 야구부 특기생으로 입학이 결정된 것이다.

"아키히로, 해냈구나! 규슈에서는 딱 두 명이야!"

추천장을 써주었던 야구부 고문 다나카 선생님도 자랑스러운 듯이 내 어깨를 쳐주었다.

고료 고등학교는 매년 고시엔(프로야구 한신 타이거즈의 홈구장인 오사카 만 연안에 있는 야구장으로, 매년 여름에 열리는 전국 고교야구 선수권 대회의 본선 무대로 더욱 유명하다.)에 나가는 야구 명문교다.

게다가 특기생은 입학금과 학비가 면제된다.

무엇보다 중요한 것은 히로시마에 있는 엄마에게로 돌아갈 수 있다.

　나에게는 더 이상 바랄 것이 없는 꿈같은 소식이었다.

　"할머니, 나 고료 고등학교에 가게 됐어! 학비도 내지 않고 히로시마에서 살 수 있어!"

　나는 현관으로 뛰어 들어가면서 소리를 질렀다.

　"정말? 잘 했다, 우리 아키히로. 학비도 안 낸다니."

　할머니는 기뻐해 주었다.

　그런데 그 날부터 할머니의 태도가 이상해졌다.

　"사가 상고도 좋다던데."

　저녁밥을 먹는 중에 뜬금없이 그런 말을 하는 것이다.

　사가 상고는 할머니 집에서 멀지 않은 곳에 있는 상업고등학교로, 그곳도 야구 명문교였다. 만약 고료 고등학교에 떨어지면 그쪽에 추천 입학하기로 되어 있었다.

　"사가 상고에 가면 연습 구경도 할 수 있을 텐데."

　"사가 상고에서 부기 공부를 하면 취직이 잘 될 텐데."

　"사가 상고가 좋은데."

　할머니는 사가에 있어 달라고는 한 마디도 하지 않았지만, 때때로 혼잣말처럼 이렇게 중얼거렸다.

　할머니의 이런 태도에 내 마음도 흔들렸다.

　엄마와 살고 싶은 거야 말할 것도 없었지만, 할머니를 사가에 혼자 남겨두고 가려니 마음이 무거웠다. 사가에는 친구들도 많다.

무엇보다 8년 동안 지냈던 이 아무 것도 없는 시골 깡촌, 사가가 완전히 좋아졌다.

나는 한 번 할머니에게 말해보았다.

"할머니, 내가 사가에 있으면 좋겠어?"

"무슨 말도 안 되는 소리야, 그게."

할머니는 잘라 말했다.

나는 많이 고민했지만 역시 고료 고등학교로 진학하기로 결정했다.

고등학생이 되면 히로시마에서 사는 것.

그리고 고시엔에 나가는 것.

그것이 내 꿈이었다.

그 꿈이 지금까지 나를 지탱해주었다.

나는 꿈을 향해 나가기로 마음먹었다.

그 해 겨울은 분주히 지나갔고 눈 깜짝할 사이에 졸업식 날이 되었다.

아직 입에서 하얀 입김이 나오는 그 날 아침, 나는 다른 때보다 일찍 집을 나섰다.

이제 1주일 후면 나는 히로시마에 간다.

둑을 걸으면서 이모 손에 이끌려 왔던 때를 떠올렸다.

어른들에게 속아 별안간 이곳으로 오게 되어 불안한 얼굴로 이 길을 걸었던 어린 시절의 나.

왠지 풋— 웃음이 나왔다.

"야, 아키히로, 왜 혼자 웃고 있니?"

뒤돌아보니 야구부원들이 서 있었다.

다들 마음이 뒤숭숭해서 일찍 집을 나온 모양이었다.

"너희들 왔니? 나, 지금 아주 좋은 생각이 났어."

"어떤?"

"후쿠야마 선생님의 자전거 말이야, 우리가 완전히 분해해 주자!"

그것은 갑자기 떠오른 생각이었다.

밉살스러운 후쿠야마 영어선생님.

지각 직전에 기를 쓰며 몰고 오는 자전거는 후쿠야마 선생님의 분신이나 마찬가지였다.

그것을 하나하나 분해해 버리면 어떤 기분일까.

바로 작전회의가 열리고 실행은 졸업식 다음으로 정했다.

졸업식이 무사히 끝나고 마지막 종례 시간도 끝나고 친구끼리 연락처를 나누고 선생님께 인사를 하는 정겨운 한 때, 우리 야구부원들은 자전거 보관대에 집결했다.

"3년 동안 신세 많이 졌다."

그렇게 말하면서 탁, 하고 내가 자전거를 찬 것이 시작을 알리는 신호였다.

"그래, 오랫동안 고마웠다."

"피가 되고 살이 되는 설교도 지긋지긋하게 많이 들려줬지."

모두 한 마디씩 하면서 페달을 빼고, 바퀴를 빼냈다. 그리고 분해한 부품을 지붕에 올리거나 나무에 걸어놓았다.

구멍을 파고 나사를 묻어버린 녀석도 있었다.

뗏목을 만드는 듯한 신나는 기분으로 해체를 마치자 나는 마지막으로 하얀 종이에,

'선생님 안녕.'

이라고 큼직하게 매직으로 써서 핸들에 붙였다.

모두 깔깔대고 웃으면서 운동장으로 돌아오니 졸업식은 절정에 달해 여기저기서 헹가래를 치고 있었다.

그런 모습들이 필터를 끼운 것처럼 멀게 느껴졌다.

서로 마주 웃고 있는 졸업생들의 가슴에 꽂은 분홍색 카네이션만이 선명하게 눈에 새겨졌다.

"정말 오늘로 끝인가."

마치 다른 사람의 일처럼 마음이 차분해졌다.

"아쉽지만 지금부터 졸업생들을 떠나보내겠습니다. 재학생들은 꽃길을 만들어 주십시오. 졸업생 여러분, 줄을 서주세요."

안내방송에 정신을 차리고 친구들과 함께 줄을 섰다.

재학생들이 양쪽에 서서 졸업생이 마지막으로 행진하는 꽃길을 만들어준다. 여기저기서 흐느끼는 소리가 들렸다.

합주부가 연주를 시작하고, 우리는 재학생들의 노래에 맞춰

걷기 시작했다.

그때였다.

"이 녀석! 아키히로, 네 짓이지!"

후쿠야마 선생님이 핸들을 손에 들고 화가 나서 붉으락푸르락 어찌할 바를 모르며 나타났다.

"와ㅡ."

우리 야구부원들은 도망치듯이 꽃길을 빠져나가 교문으로 뛰었다.

모두 크게 소리 내어 웃었다.

더 이상 후쿠야마 선생님이 쫓아오지 않는다는 것을 알면서도 우리는 멈추지 않았다.

그리고 웃으면서 하늘을 올려다보며 울었다.

지금 분명히 무언가가 끝이 났다. 모두 그렇게 느끼고 있었다.

1주일 후 아침, 드디어 히로시마로 떠나는 날이 되었다. 나는 작은 손가방 하나를 들고 집밖으로 나왔다.

할머니는 배웅해줄 생각도 않고 평상시와 다름없이 강에서 솥을 씻고 있었다.

나는 할머니의 등에 대고 말했다.

"할머니, 나, 갈게."

"그래, 조심해 가거라."

"지금까지 8년 간 정말 고마웠어요."

"그래, 어서 가…… 아이고, 이 놈의 물이……."

등 너머로 보니 할머니는 울고 있었다.

하지만 솥의 물을 일부러 휘휘 저어 물에 튀게 하고는,

"물이…… 물이……."

하고 말했다.

"할머니."

"어여, 가."

"여름방학에 놀러 올게, 건강하세요."

"어여, 가."

"그럼 갈게요."

나는 할머니에게서 등을 돌려 걷기 시작했다.

봄의 강가는 오늘도 잔잔하고, 하얗고 작은 나비 두 마리가 잡기 놀이를 하듯이 풀 사이를 날고 있었다.

큰길로 나가는 모퉁이에서 나는 뒤를 돌아보았다.

"할머니, 건강하세요―."

크게 손을 흔들자 할머니도 손을 흔들었다.

"어여, 가―."

어쩔 수 없다고 생각했다.

"엄마한테 가는 거니까 걱정 마, 할머니―."

나는 다시 한 번 할머니에게 웃는 얼굴로 크게 손을 흔들고 걸어갔다.

두세 걸음 갔을까.

등 뒤에서 할머니의 목소리가 들렸다.

"가지 마—."

에필로그

뜻 깊은 인생을
사신 할머니

사가에서 히로시마로 온 이후 많은 일이 있었다.

야구 선수가 꿈이었던 나는 개그 콤비인 B&B로 연예계에 데뷔해 일약 스타가 되었다.

결혼해서 두 아이를 두었고, 그 아이들은 성인이 되었다.

그러나 언제나 내 마음속 깊숙이 있는 것은 할머니와 함께 했던 사가에서의 생활이었던 것 같다. 브랜드, 인테리어, 미식가. 그런 말들이 있는 줄도 몰랐던 실로 단출한 의식주.

프롤로그에서도 말했듯이 요즘에는 불경기다, 불황이다 하는데, 그래도 내가 어렸을 때와 비교하면 많은 것들이 갖춰져 있고 풍요해졌다.

하지만 우리 할머니처럼 값비싼 인생을 산 사람은 드물 것이다.

고리타분한 말일지 모르지만, 사람이 살아가는 데 있어 중요한 것은 역시 물질이 아닌 마음이 아닐까.

'우리는 마음이 밝은 가난뱅이'라며 웃음을 잃지 않았던 할머니는 정말로 행복해 보였다.

지금도 친척들이 모이면 할머니 이야기로 꽃을 피운다. 할머니의 웃는 얼굴은 돌아가신 지금도 식구들의 마음속에서 빛나고 있다. 지난해에는 할머니의 백 번째 생일을 기념해 잔치를 열었다.

할머니의 생활 방식이야말로 '뜻 깊은 인생'이다.

모두 '뜻 깊은 인생'을 살아야 한다.

누구를 위해서가 아니다.

자기 자신을 위해서다.

그것은 거창하고 어려운 것이 아니다.

일어난 일을 즐기고, 눈앞에 있는 것을 맛있게 먹고, 매일을 웃으며 살면 된다.

이 책이 모두에게 그런 삶을 사는 계기가 되었으면 한다.

할머니, 고맙습니다.

시마다 요시치

웃음 대장 할머니의 대단한 어록

— 사람들에게 미움 받는다는 것은 눈에 띈다는 것이다.

— 슬픈 이야기는 밤에 하지 마라. 괴로운 이야기도 낮에 하면 별것 아닌 것으로 여겨진다.

— 성적표에는 0만 없으면 된다. 1이나 2를 더해 가면 5가 된다!

— 장례식에 가서 슬퍼하지 마라. 딱 적당한 시기라고 생각해라.

— 다른 사람이 넘어지는 걸 보면 소리 내어 웃어라. 자신이 넘어졌을 때는 더욱 크게 웃어라. 사람은 모두 넘어지니까.

— 산다는 것은 즐거움이다. 체면을 따지기보다 즐겁게 살 궁리를 해라.

— 남이 모르게 하는 것이 진정한 친절이다.

— 구두쇠는 최악! 절약은 최고!

— 춥다, 덥다, 불평하지 마라. 여름은 겨울에 감사하고, 겨울은 여름에 감사해야 한다.

— 시계가 왼쪽으로 돌면 고장 났다며 버려진다. 사람도 마찬가지다. 옛 일을 돌아보지 말고 앞으로 앞으로 나가라!

— 세상에는 중병에 걸렸어도 살려고 애쓰는 사람이 많다. 자살은 사치다.

— 지금 충분히 가난해두자! 부자가 되면 여행도 가야 하고, 초밥도 먹어야 하고, 옷도 지어야 하고, 정신없이 바쁠 테니까.

— 정어리를 먹는다고 해서 가난한 게 아니다. 옛날 사람이 정어리를 보고 도미라고 이름 붙였으면 정어리는 도미다!

— 너무 열심히 공부하지 마라! 공부하는 것도 버릇된다!

— 수영복은 필요 없다! 실력으로 헤엄쳐라!

— 오늘, 내일의 일만 생각하지 마라. 백 년 이백 년 앞의 일을 생각해라! 손자와 증손자가 백오십 명 정도 생겨서 흥에 겨워 어깨춤이 나오지 않을까.

— 끝이 갈라진 가랑무도 잘라서 삶으면 맛은 똑같고, 굽은 오이도 잘게 썰어서 소금에 절이면 똑같이 맛있게 먹을 수 있다.

— 가난에도 두 종류가 있단다. 불행하다고 생각하는 어두운 가난

과 행복하다고 생각하는 밝은 가난.

— 주울 것은 있어도 버릴 것은 없다.

— "할머니, 난 영어를 잘 모르겠어."
"그럼 답안지에 〈나는 일본인입니다.〉 그렇게 쓰면 되지."
"한자도 잘 못써."
"〈나는 히라가나와 가타카나만으로도 잘 삽니다.〉라고 쓰면 되지."
"역사도 잘 못해."
"역사도 못해? 그럼 〈과거에 연연해하지 않습니다.〉 쓰면 되지!'

— 만약 집 안에 들어가도 훔칠 것이 뭐가 있겠니, 아마 너무 없으니까 불쌍해서 보태주고 갈 게다.

— 사람은 죽을 때까지 꿈을 가져야 한다! 그 꿈이 이루어지지 않아도 실망할 건 없다. 어차피 그건 꿈이니까.

— 머리가 좋은 사람도, 머리가 나쁜 사람도, 부자도, 가난뱅이도 50년 지나면 모두 쉰 살이 된다.

웃음 대장 할머니

초판 1쇄 발행 2005년 9월 10일   **개정판 6쇄 발행** 2021년 11월 22일

시마다 요시치 **지음**   홍성민 **옮김**

펴낸이 허경애

펴낸곳 도서출판 예원미디어

출판등록일 2004년 6월 16일 제313-2004-000152호

주소 서울시 마포구 양화로 156, 엘지팰리스빌딩 825호 **전화번호** 02-323-0606   **팩스**
0303-0953-6729

이메일 yewonmedia@naver.com

블로그 http://blog.naver.com/yewonmedia

인스타 kkumteo

ISBN 978-89-91413-44-3 03830